Im Moment ist alles ganz schön aufregend. Unser Babysitter Club tritt bald in Aktion!!

NAMEN	
JUNGE	MÄDCHEN
Arne	Ada
Benno	Bia
Cäsar	[illegible]
(hihi)	Igora
Igor	Juhu
J...?	(hi)!

bei Schn

gegen Hunger

bei kalten Füßen

...passen + (geruchs)dicht sein!

zum Liebhaben! (da hab ich auch schon jemanden)

Das war sooo süß! Ein Supersupernachmittag mit ALLEN! VOR ALLEM: mit P. Wie gut, dass ich mein

mit hatte! Wir haben jede Menge Seesommergutelaunefotos gemacht!

ÜBERRASCHUNG

auf dem Nachhauseweg!

Was für ein Katzendrama

DANKE Phillip,

dass du solche super

hast!

Ich bin soooo HAPPY!

Franziska Ippen 6a
Mittelschule [illegible] wurzach

Conni, Dina und der Babysitterclub

Weiterlesen? Weiterlesen!

Band 1: Conni & Co
Band 2: Conni und der Neue
Band 3: Conni und die Austauschschülerin
Band 4: Conni, Anna und das wilde Schulfest
Band 5: Conni, Billi und die Mädchenbande
Band 6: Conni, Mandy und das große Wiedersehen
Band 7: Conni, Phillip und das Supermädchen
Band 8: Conni, Paul und die Sache mit der Freundschaft
Band 9: Conni, Phillip und ein Kuss im Schnee
Band 10: Conni, Dina und das Liebesquiz
Band 11: Conni, das Kleeblatt und die Pferde am Meer
Band 12: Conni, Dina und der Babysitterclub

Dagmar Hoßfeld

Conni, Dina und der Babysitterclub

CARLSEN

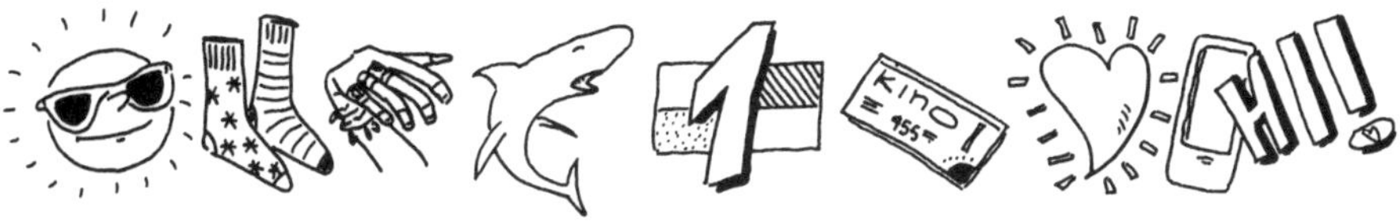

Es ist Mittwochmorgen. Die Sonne scheint und es ist ein herrlicher Tag. Conni freut sich auf die Schule. Besonders auf die ersten beiden Stunden Kunst. Endlich kann sie mit ihrer Zeichnung weitermachen. Ihre Laune könnte nicht besser sein.

Sie schiebt ihren Schulrucksack unter den Tisch und zeigt auf Dinas Socken. »Das sieht ja lustig aus!«

Anna und Billi fangen an zu kichern. Dinas Wangen werden zartrosa. Sie versucht vergeblich, ihre Hosenbeine etwas länger zu ziehen, damit die anderen aus der Klasse nicht sehen können, dass sie zwei verschiedenfarbige Strümpfe anhat. Der linke Strumpf ist hellblau, der rechte grün mit gelben Sternchen.

»Todschick!«, zischt Janette, während sie und Saskia sich an den Freundinnen vorbeischieben und auf ihren Platz in der vorletzten Bankreihe zusteuern. »Du hattest ja noch nie Geschmack. Dass du außerdem farbenblind bist, ist mir bisher gar nicht aufgefallen.«

Die Farbe von Dinas Ohren passt sich der ihrer Wangen an. Sie zupft schnell die Haare darüber. »Ich hatte es vorhin so eilig. Da hab ich wohl danebengegriffen«, murmelt sie verlegen.

»Mach dir nichts draus. Das ist mir auch schon mal passiert«, sagt Conni.

»Es sieht wirklich lustig aus«, meint Billi. »Vielleicht hast du ja eine neue Mode erfunden.«
»Es gibt Schlimmeres als ein falsches Sockenpaar.« Anna deutet mit dem Kinn auf Janette, die damit beschäftigt ist, ihren Nagellack zu bewundern. »Chronische Blödheit und Oberflächlichkeit zum Beispiel.«
»Allerdings«, bestätigt Conni. Sie schaut auf und guckt genau in ein braunes Augenpaar.
»Morgen«, sagt Phillip und zwinkert ihr im Vorbeigehen zu.
»Guten Morgen«, antwortet Conni lächelnd.
Wenig später kommt Frau Stern um die Ecke und begrüßt die Klasse. »Wir machen heute da weiter, wo wir letzte Woche aufgehört haben«, verkündet sie. »Holt bitte eure Zeichenblöcke und die Kohlestifte heraus. In den nächsten beiden Stunden geht es darum, die Feinheiten herauszuarbeiten.«
Kurz darauf sind Dinas bunte Socken komplett vergessen. Conni beugt sich über ihr Zeichenpapier und probiert verschiedene Kohlestifte aus. Sie sollten in der letzten Woche im Kunstunterricht ein Tier zeichnen. Klar, dass sie sich für Kater Mau entschieden hat. Jetzt bemüht sie sich, das Katzenfell zu schraffieren und zu schattieren, damit es möglichst echt aussieht. Das ist gar nicht so einfach, stellt sie fest, aber es macht Spaß.
Neben ihr zeichnet Anna ein Pony. Annas Gesicht ist hoch konzentriert. Ihre Zungenspitze blitzt zwischen den Zähnen hervor. Einen Platz weiter versucht sich Billi an einem kugelrunden Pandabären, der an einem Bambushalm knabbert.
Auf Dinas Zeichenblatt tummelt sich gleich eine ganze Elefantenfamilie. Eine Elefantenkuh, ein Bulle mit prächtigen Stoßzähnen und zwei kleine Babyelefanten.

»Das sieht wirklich toll aus!«, flüstert Conni beeindr
Dina ist so in ihre Arbeit versunken, dass sie kaum
»Danke«, murmelt sie bescheiden.

In der kurzen Pause schlendert Conni durch die Bankreihen. Sie ist neugierig, was die Jungs gezeichnet haben. Besonders auf Phillips Kunstwerk ist sie gespannt.
»Wow!«, entfährt es ihr, als sie es sieht.
Phillip strahlt. Er hat einen Hai mit weit aufgerissenem Maul und unzähligen spitzen Zähnen gezeichnet. Es sieht aus, als würde der Fisch direkt aus dem Bild springen.
»Ich wusste ja gar nicht, dass du so talentiert bist«, meint Conni.
»Ich hab den Hai von einem Foto abgezeichnet«, gibt Phillip zu und grinst. »Das war gar nicht so schwer.«
Neben ihm beißt Paul gerade in sein Pausenbrot. Mit der anderen Hand wischt er über sein Zeichenpapier.
»Was soll das denn werden, wenn's fertig ist?«, fragt Conni amüsiert.
»Sieht man das etwa nicht?« Paul macht ein entsetztes Gesicht.
Conni schüttelt den Kopf. »Also, ehrlich gestanden …«
»Kein Wunder.« Paul kichert. »Zuerst sollte es ein Krokodil werden, dann ein Nashorn und jetzt ein … äh, keine Ahnung.« Er wendet das Blatt hin und her. »Irgendwas Abstraktes. Denk dir was aus.«
»Ich finde, es sieht wie eine explodierte Feuerqualle aus«, mischt Mark sich ein.
»Hey, das ist es!« Paul klatscht ihn ab. »Genau das wollte ich damit ausdrücken!«
Conni prustet.

»Hast du heute Nachmittag Zeit?«, fragt Phillip plötzlich. »Im Kino läuft ein neuer Film. Vielleicht können wir uns in der Stadt treffen und ihn zusammen anschauen.«
Connis Herz klopft ein bisschen schneller. Kino mit Phillip? Was gibt es da großartig zu überlegen?
Am liebsten würde sie sofort zusagen, aber dann seufzt sie.
»Heute geht's leider nicht. Ich muss mein Zimmer aufräumen und einen Kuchen backen. Mein Papa hat morgen Geburtstag.«
»Kuchen?« Paul spitzt die Ohren.
»Du schenkst deinem Vater ein aufgeräumtes Zimmer?«, fragt Mark. »Ist ja cool!«
Phillip grinst immer noch.
Conni wird ein bisschen rot.
»Nein, mein Zimmer räum ich auf, weil es echt nötig ist. Mein Vater bekommt den Kuchen und noch was anderes.«
»Okay«, meint Phillip. »Dann vielleicht übermorgen?«
»Ja, mal sehen.« Conni nickt ihm zu. Sie wandert zu ihrem Platz zurück und wirft im Vorbeigehen einen Blick auf Janettes Bild. Es zeigt etwas, das wie eine Kreuzung aus Fledermaus und zerrupfter Krähe aussieht. Conni muss sich sehr beherrschen, um nicht laut loszuprusten. Da ist ja sogar Pauls explodierte Feuerqualle noch besser gelungen!

In der großen Pause gehen Conni und ihre Freundinnen nach draußen. Die Luft ist herrlich warm. Conni hebt das Gesicht und blinzelt zwischen den Bäumen hindurch in die Sonne. Ihre Laune ist noch besser als heute früh. Frau Stern hat ihr für ihre Katzenzeichnung eine glatte Zwei gegeben. Conni ist damit sehr zufrieden. Wenn sie die Barthaare von Mau nicht aus Versehen vergessen hätte, hätte sie vielleicht sogar eine 2+ bekommen.

»Was hast du für deine Elefanten gekriegt?«, wendet sie sich an Dina.

»Bestimmt eine 1+ mit Sternchen«, vermutet Billi.

»Was denn sonst?« Anna beißt von ihrer Banane ab. »Dinas Bilder sind immer die besten von allen!«

Dina hört gar nicht richtig zu. Sie hält den Kopf gesenkt, als würde sie ihre Socken betrachten und sich insgeheim immer noch darüber wundern, wie es ihr passieren konnte, mit zwei verschiedenen Exemplaren in der Schule aufzutauchen.

Conni stupst sie mit dem Ellbogen an.

»Erde an Dina! Bitte kommen!«

»Wie? Was?« Dina guckt sich verwirrt um.

Die anderen lachen.

»Hast du zufällig gerade von Daniel geträumt?«, grinst Billi.

»Nein, Unsinn!« Dina zieht die Stirn kraus.

»Wir wollten nur wissen, was für eine Note Frau Stern dir für die Elefanten gegeben hat«, sagt Conni.

»Eine 1+«, sagt Dina und seufzt.

»Glückwunsch!«, sagt Anna.

»Danke«, erwidert Dina und seufzt noch einmal.

Conni schiebt die Augenbrauen zusammen. Irgendwie benimmt sich Dina heute ziemlich merkwürdig. Zuerst die Socken, jetzt ihre geistige Abwesenheit …

Sie beobachtet die Freundin unauffällig. Äußerlich wirkt sie wie immer. Oder ist sie nicht vielleicht ein bisschen blasser als sonst?

»Geht's dir gut?«, fragt Conni vorsichtig.

»Sicher«, murmelt Dina. Sie hat schon wieder diesen weggetretenen Ausdruck im Gesicht. »Wieso?«
»Och, nur so«, sagt Conni. Sie wechselt einen Blick mit Anna und Billi. Beide heben ratlos die Schultern.

***

Am Nachmittag hat Conni keine Gelegenheit mehr, sich um Dina Gedanken zu machen. Sie hat ihr Zimmer picobello aufgeräumt, Staub gewischt und gesaugt, die Bücher im Regal neu sortiert und ihren Papierkorb ausgeleert. Zwischendurch hat sie mit Mau gespielt, ein paar neue englische Vokabeln gelernt und das Mittagessen für sich und Jakob warm gemacht. Mama hat heute ihren langen Praxistag und kommt erst abends zusammen mit Papa nach Hause. Bis dahin muss der Geburtstagskuchen unbedingt fertig sein. Schließlich soll er eine Überraschung werden.
Jetzt steht Conni in der Küche und studiert noch einmal das Rezept. Eigentlich kennt sie es längst auswendig, trotzdem geht sie lieber auf Nummer sicher, damit sie nichts vergisst und die ›Schokotorte spezial‹ auch wirklich gelingt.
Jakob hat schon den Mixer aus dem Schrank geangelt und die Rührbesen in die Öffnungen geklickt.
Mau sitzt auf der Fensterbank. Seine Schwanzspitze zuckt hin und her. Conni streicht ihm über den Rücken. Mau schließt die Augen und fängt an zu schnurren.
»Geht's jetzt endlich los?«, quengelt Jakob.
»Haben wir alles?«, fragt Conni zurück. Sie pinnt das Rezept mit einem Magneten an die Kühlschranktür und liest die Zutatenliste laut vor: »Butter, Zucker, Schokolade, Mehl, gemahlene

Haselnüsse, Kakaopulver, Backpulver, Eier, Milch, Marmelade, Schlagsahne.«
Jakob checkt die Sachen, die vor ihm auf dem Tisch stehen.
»Alles da!«, verkündet er und streckt die Hand in Richtung Schokolade aus. »Kann ich ein Stück Schoki naschen?«
»Nein«, sagt Conni. »Vielleicht später. Wenn dann noch welche übrig ist.«
Jakob zieht seine Hand zurück und macht ein beleidigtes Gesicht.
Zu zweit ist der Teig in Nullkommanichts zubereitet. Jakob hackt die Schokolade in kleine Stücke. Er lässt ein winziges Eckchen in seinem Mund verschwinden, während Conni zuerst die Butter zum Schmelzen bringt, anschließend die Eier verquirlt und danach alle Zutaten in einer großen Schüssel miteinander verrührt. Dann kommt alles in eine Springform und für eine knappe Stunde in den Backofen.
»Hilfst du mir beim Abwaschen?«, fragt Conni.
Jakob murrt ein bisschen. Erst als Conni ihm die Rührschüssel zum Ausschlecken anbietet, nickt er.
»Wenn der Kuchen fertig gebacken und abgekühlt ist, müssen wir ihn nachher nur noch aufschneiden, mit der Schlagsahne füllen und das Ganze mit Kakao bestreuen.«
Sie lässt Abwaschwasser einlaufen, gibt einen Spritzer Zitronenspülmittel dazu und macht sich an die Arbeit.
»Ich muss aber auch noch ganz viel Bio und Mathe machen«, wendet Jakob ein, als sie ihm das erste Teil zum Abtrocknen reicht.
»Okay, dann erledige ich den Rest eben allein. Du kannst dich verkrümeln und dich um deine Hausaufgaben kümmern. Heute

Abend wickeln wir das Geschenk für Papa ein und unterschreiben die Karte.«
Jakob nickt. »Ob er sich freut?«
»Na klar!«, sagt Conni.
Jakob und sie haben ein Video aufgenommen und auf eine CD gebrannt, die sie ihrem Vater schenken wollen. Conni hat Regie geführt, Jakob hat gefilmt. Ein echtes Gemeinschaftswerk. Sie haben das Haus von innen und außen aufgenommen, jedes einzelne Zimmer, den Garten, die Straße und das Familienauto in der Einfahrt gefilmt. Es gibt Szenen von Mama in der Küche und auf der Terrasse, von Mau im Körbchen und von Papa in seinem grünen Lieblingslesesessel. Die Dreharbeiten haben riesigen Spaß gemacht. Allerdings war es gar nicht so einfach, das Projekt vor ihren Eltern geheim zu halten. Papa war ziemlich neugierig und wollte ganz genau wissen, wofür sie sich seine Kamera ausgeborgt haben. Zum Glück hat ihm Jakobs Antwort – »für ein Schulprojekt zum Thema Familie« – als Erklärung genügt.
Conni reicht ihm die letzte Schüssel.
»Das war's!«, sagt sie und zieht den Stöpsel aus dem Spülbecken.
Jakob stellt die abgetrocknete Schüssel in ein Regal und hängt das Geschirrtuch auf.
In der Küche duftet es inzwischen intensiv nach warmer Schokolade. Es riecht so lecker, dass Conni beschließt, ihre Hausaufgaben einfach am Esstisch zu machen. Der süße Schokoladenduft ist bestimmt gut fürs Gehirn und hilft beim Lernen. Außerdem muss sie ja auch den Kuchen im Auge behalten, damit er nicht verbrennt.
Jakob ist schon nach oben gelaufen und in seinem Zimmer verschwunden. Conni läuft schnell hinterher.

In ihrem Zimmer schnappt sie sich das Vokabelheft und ihr Handy vom Schreibtisch und flitzt wieder nach unten.
Während der Geburtstagskuchen im Backofen immer höher wird und immer leckerer duftet, versucht sie sich auf die unregelmäßigen englischen Verben zu konzentrieren, die sie bis morgen lernen muss. Aber das ist gar nicht so einfach, wenn einem vor lauter Schokoduft das Wasser im Mund zusammenläuft.
Ihr Handy klingelt melodisch. Phillips Name leuchtet in Großbuchstaben auf. Conni ist ganz froh über die Unterbrechung. Sie klappt das Vokabelheft zu und meldet sich mit einem »Hi!«.
»Hi, wie geht's? Was machst du gerade?«, fragt Phillip.
Seine Stimme klingt so nah, als würde er draußen vor dem Haus stehen. Conni wirft schnell einen Blick aus dem Küchenfenster, aber da ist niemand. Schade …
»Ich hab einen Kuchen gebacken und jetzt warte ich darauf, dass er fertig wird«, erzählt sie. »Und du?«
»Ich bin gleich mit den anderen zum Fußball verabredet und wollte nur kurz fragen, ob es übermorgen mit dem Kino klappt. Ich würde mich echt freuen.«
Conni zwirbelt eine Haarsträhne zwischen den Fingern.
»Was läuft denn so?«
»›Das Labor der Superhelden‹. Der soll echt gut sein.«
Conni runzelt die Stirn.
»Das ist aber kein Gruselfilm, oder?«
»Nee.« Phillip lacht. »Höchstens ein kleines bisschen. Warum fragst du?«
»Nur so.«
Soll sie ihm verraten, dass sie sich viel lieber einen romantischen

Liebesfilm mit ihm anschauen würde als einen Actionstreifen mit irgendwelchen computeranimierten Supertypen, die sich gegenseitig bekämpfen?
»Hey, der Film ist total harmlos«, versichert Phillip. »Und außerdem –« Er macht eine kleine Pause.
»Was außerdem?«, hakt Conni nach.
»Außerdem bin ich doch bei dir«, antwortet Phillip.
Conni kann das Lächeln in seiner Stimme hören und muss automatisch mitlächeln.
»Dann kann ja überhaupt nichts passieren.«
»Sag ich doch!«, triumphiert Phillip. »Also, kommst du mit? Ich könnte nachher schon mal die Karten besorgen.«
»Okay.« Conni lächelt immer noch.
Sie unterhalten sich ein bisschen über die Schule, die Lehrer und die Hausaufgaben, bis Conni irgendwann aufspringt.
»Sorry. Ich glaub, der Kuchen muss aus dem Ofen. Lass uns lieber Schluss machen. Wir sehen uns morgen in der Schule.«
»Klar«, sagt Phillip.
Conni wünscht ihm viel Spaß beim Fußball, dann legt sie auf. Blitzschnell nimmt sie zwei Topflappen vom Haken, schaltet den Herd aus und öffnet vorsichtig die Backofentür. Ein heißer Luftschwall strömt ihr entgegen. Conni wedelt ihn mit den Topflappen beiseite und mustert den Kuchen.
»Perfekt!«, sagt sie laut.
Ob sie den gelungenen Geburtstagskuchen oder die Kino-Verabredung mit Phillip meint, weiß sie selbst nicht so genau. Wahrscheinlich sorgt beides zusammen dafür, dass sie gar nicht wieder aufhören kann zu grinsen.

»HAPPY BIRTHDAY TO YOU, HAPPY BIRTHDAY TO YOU, HAPPY BIRTHDAY, LIEBER PAPA, HAPPY BIRTHDAY TO YOOUUUU!«

Jakob zieht die letzte Silbe in die Länge und steigert seine Stimmlage in ungeahnte Höhen. Mau legt die Ohren an.

Conni unterdrückt ein Prusten.

Es ist noch ganz früh am nächsten Morgen. Papas Geburtstag. Conni ist extra früh aufgestanden und auf Zehenspitzen ins Badezimmer geschlichen, wo sie sich für die Schule fertig gemacht hat. Anschließend hat sie Jakob geweckt, damit sie ihren Vater überraschen können, bevor er zur Arbeit muss.

Es ist ihnen gelungen. Jürgen Klawitter sitzt aufrecht im Bett und schaut sich verwirrt um. Seine Haare sehen total verstrubbelt aus und stehen in alle Himmelsrichtungen ab. Connis Mutter gibt ihm einen Kuss auf die unrasierte Wange.

»Herzlichen Glückwunsch zum Geburtstag!«, rufen Conni und Jakob im Chor.

Conni stellt die Schokotorte auf den Nachttisch. Ihr Vater gähnt und pustet dann die Kerzen aus. Jakob springt auf das Bett und überreicht ihm das Geschenk und die Karte.

»Ich mach schon mal Frühstück!«, ruft Conni. »Bis gleich!«

Sie hüpft die Treppe hinunter, deckt in Windeseile den Tisch und schaltet die Kaffeemaschine ein.
Zu dumm, dass nicht Wochenende ist, denkt sie. Sonst könnten wir richtig schön lange frühstücken. Mit frischen Brötchen, gekochten Eiern, Blumen auf dem Tisch und allem Drum und Dran. An einem normalen Wochentag wie heute reicht die Zeit gerade mal für Toast, Marmelade und Cornflakes.
»Aber Blümchen gibt's trotzdem«, beschließt sie.
Sie lässt Mau hinaus und folgt ihm in den Garten, wo sie ein paar Blumen und lange Gräser pflückt, die sie zu einem Strauß zusammenbindet.

»Ich komm heute früher nach Hause. Dann gehen wir lecker essen und schauen uns hinterher in Ruhe euren Film an«, verspricht Papa ein paar Minuten später. Er bedankt sich für die Geschenke und die Blumen, verputzt eine Scheibe Toast und trinkt seinen Kaffee im Stehen. »Ich muss los. Tut mir leid.«
»Ich muss auch los!« Connis Blick fällt auf die Wanduhr. Ist es wirklich schon so spät? Hilfe!
Sie wirft sich ihren Schulrucksack über die Schulter, schnappt den Fahrradhelm von der Anrichte und winkt.
»Tschüss, Familie! Bis später!«
»Tschüss, Conni!«, ruft Mama.
Jakob steht neben ihr und winkt gähnend zurück. Er hat erst zur zweiten Stunde Unterricht.
Der hat's gut, denkt Conni und tritt in die Pedale, damit sie nicht zu spät kommt.

***

In der Schule herrscht das übliche Gewusel und Gedränge in den Gängen. Conni schafft es gerade noch rechtzeitig, kurz vor dem Klingeln auf ihren Platz zu rutschen.
»Guten Morgen«, begrüßt Billi sie.
»Puh!«, schnauft Conni und schaut sich um. »Guten Morgen. Wo ist Dina?«
»Keine Ahnung.« Billi zuckt mit den Schultern. »Vielleicht hat sie verschlafen?«
»Oder sie sucht noch ein passendes Sockenpaar«, kichert Anna. »So ein hübsches wie gestern.«
Conni grinst. Sie holt ihre Mathesachen heraus und legt sie gerade auf den Tisch, als Herr Gunnarsson um die Ecke kommt. Er wirft seinen Rucksack auf das Lehrerpult und begrüßt die Klasse gut gelaunt.
Mit seinem Pferdeschwanz und dem Piratenbärtchen sieht er überhaupt nicht wie ein Lehrer aus, findet Conni. Genauso gut könnte er ein Oberstufenschüler oder Referendar sein. Alles an ihm ist lässig, auch die Kleidung. Jeans, T-Shirt und Turnschuhe – mehr braucht Moritz Gunnarsson nicht, um cool auszusehen.
Als der Unterricht beginnt, ist Dina immer noch nicht da.
Merkwürdig, denkt Conni. Sie ist doch sonst immer so pünktlich.
»Hoffentlich ist sie nicht krank«, flüstert sie Anna zu.
»Glaub ich nicht«, raunt die zurück. »Dann hätte sie uns bestimmt angerufen.«
»Conni, kommst du bitte nach vorn?« Herr Gunnarsson hält ein Kreidestückchen hoch. »Wir wollen die Hausaufgaben vergleichen. Nimm dein Heft mit und zeichne die erste Aufgabe an die Tafel.«

Conni hat mit Mathe kein Problem. Geometrie liegt ihr. Sie mag die Winkel und die geraden Linien. Im Nu hat sie das gleichschenklige Dreieck aus ihrem Heft abgezeichnet und die Winkel benannt. Herr Gunnarsson nickt zufrieden.
Conni ist gerade wieder auf ihren Platz geschlüpft, als die Tür einen Spalt geöffnet wird und Dina sich in den Klassenraum drückt. Ihr Gesicht glüht.
»Entschuldigung«, murmelt sie verlegen. »Meine Mutter ist krank. Ich hab verschlafen.«
Janette und Saskia kichern.
Herr Gunnarsson bringt sie mit einem Blick zur Ruhe.
»Was ist daran so lustig? Ist gut, Dina. Setz dich.«
Dina schlüpft schnell auf ihren Platz neben Conni.
Janette und Saskia tuscheln.
»Hat dein Handy etwa keine Weckfunktion?«, zischelt Janette. »Muss deine Mami dich noch wecken? Wie süß!«
»Janette, an die Tafel bitte!«, sagt Herr Gunnarsson. »Du möchtest uns sicher die nächste Aufgabe erklären.«
Conni grinst über Janettes entsetztes Gesicht. Dann wendet sie sich an Dina, die ihre Mathesachen aus dem Rucksack zieht und das Heft aufblättert.
»Du hast gar nichts verpasst«, flüstert Conni ihr zu. »Halb so schlimm.«
Dina nickt nur. Ihr Lächeln wirkt gequält.
Conni runzelt die Stirn. Zuspätkommen ist doch kein Weltuntergang. Das kann wirklich jedem mal passieren. Solange es nicht zum Dauerzustand wird, gibt es deswegen keinen Stress. Herr Gunnarsson hat Dinas Verspätung nicht einmal ins Klassenbuch eingetragen. Warum ist sie dann so angespannt?

Erst in der großen Pause scheint sich Dinas Nervosität etwas zu legen. Sie nippt an ihrem Kakao und lacht über eine witzige Bemerkung, die Paul macht.
»Ist euch schon mal aufgefallen, dass ein Mathebuch der einzige Ort ist, an dem es normal ist, 72 Melonen zu kaufen?«, fragt er und rauft sich die Haare. »Ich dachte immer, Mathe soll logisch sein. Aber das ist doch echt nicht normal! Was will man mit so vielen Melonen?«
Conni kichert. Die anderen auch.
Anna dreht sich zu Dina um.
»Was hat deine Mutter denn? Hoffentlich nichts Schlimmes?«
»Nein, gar nicht«, sagt Dina schnell. »Sie hat irgendwelche Kreislaufprobleme und musste sich ein paarmal übergeben. Sie hat sich bei der Arbeit krankgemeldet und ist lieber zu Hause geblieben.«
»Bestimmt geht's ihr nachher schon wieder besser«, sagt Billi fröhlich.
Dina nickt.
»Vielleicht ist sie ja schwanger«, feixt Paul und klatscht mit Mark ab.
Dina erstarrt.
»Woher weißt du das?«, faucht sie.
Mit einem Schlag ist es ganz still.
Paul wird rot und stammelt etwas.
Conni und Billi gucken sich an.
Phillip räuspert sich.
Mark und Tim grinsen.
»Deine Mutter bekommt ein Baby?«, fragt Billi. Ihre Augen sind kugelrund.

»Echt jetzt?« Anna schnappt nach Luft.
Conni weiß gar nicht, was sie sagen soll.
»Das ist ja toll!«, stößt sie schließlich hervor und stupst Dina an. »Seit wann weißt du's schon? Warum hast du es uns noch nicht erzählt? Freust du dich?«
Dina funkelt Conni an. »Ich hab's gestern erst erfahren«, erwidert sie düster. »Und nein, ich freu mich nicht. Ich find's total peinlich, wenn du es genau wissen willst. Können wir jetzt bitte das Thema wechseln?«
Conni schluckt. Mit so einer heftigen Reaktion hat sie nicht gerechnet. Schon gar nicht von Dina. Die ist doch sonst immer so gelassen und freundlich. Müsste sie nicht fröhlich sein? Ein Baby ist doch eine wundervolle Neuigkeit!
Zum Glück gongt es in dieser Sekunde.
Dina dreht sich um und stapft ohne ein weiteres Wort davon. Alle starren ihr hinterher.
»Wahrscheinlich muss sie sich erst an den Gedanken gewöhnen, bald eine große Schwester zu sein«, vermutet Billi.
»Klar«, nickt Paul. »Wenn man so lange ein Einzelkind war, ist es ziemlich komisch, wenn man plötzlich zum älteren Geschwister wird. Ich sprech aus Erfahrung.«
Paul hat eine jüngere Schwester, Marie. Sie ist etwa so alt wie Jakob.
Conni überlegt, wie es damals war, als ihre eigene Mutter schwanger war und Jakob bekommen hat. Conni war damals noch ziemlich klein. Musste sie sich auch zuerst an den Gedanken gewöhnen, einen kleinen Bruder zu haben? Ein bisschen bestimmt. Aber so seltsam wie Dina hat sie sich garantiert nicht benommen.

»Ich glaub, wir sollten mit ihr reden«, sagt sie zu Anna und Billi. »Vielleicht braucht sie unsere Unterstützung.«
»Ganz bestimmt braucht sie die«, nickt Anna. »Besonders, wenn das Baby erst mal da ist. Denkt nur mal ans Füttern, Baden und Windelwechseln!«
»Was haben wir mit den Windeln von Dinas Geschwisterchen zu tun?«, fragt Billi verständnislos.
»Na, wir helfen ihr dabei!«, entgegnet Anna. Sie geht voraus und hält die Tür auf. »Ich liebe Babys! Ihr etwa nicht? Ich darf manchmal auf die kleine Tochter unserer neuen Nachbarn aufpassen. Die ist so süß! Wann es wohl so weit ist?«
»Du meinst, wann das Baby kommt?«, fragt Conni. »Keine Ahnung. Dina wird es uns hoffentlich verraten. Findet ihr nicht auch, dass sie sich ziemlich merkwürdig verhält?«
»Das ist der Schock«, sagt Anna voller Überzeugung.
Billi kichert und zeigt ihr einen Vogel.
»Wieso Schock?« Conni hebt eine Augenbraue.
Anna überlegt nicht lange, bevor sie antwortet. »Wärst du etwa nicht geschockt, wenn deine Mutter noch ein Kind kriegen würde? Also, ich schon! Immerhin sind unsere Mütter nicht mehr die Jüngsten. Die Vorstellung, dass sie in ihrem Alter das machen, worüber wir im Aufklärungsunterricht in der Grundschule gesprochen haben, ist doch echt ganz schön peinlich, oder etwa nicht?«
Phillip, Paul, Tim und Mark grinsen.
Conni und Billi prusten los.
Anna wird rot.
»Ist doch wahr«, murmelt sie und geht ein bisschen schneller. »Was das angeht, kann ich Dina voll verstehen.«

Nach der Schule beratschlagen die Freundinnen, wie sie weiter vorgehen wollen. Dina ist nach dem Unterricht ziemlich schnell verschwunden.
Phillip, Paul, Mark und Tim stehen am Fahrradunterstand und unterhalten sich über Bundeligaergebnisse. Das Baby-Thema scheint sie nicht besonders zu interessieren.
»Egal«, sagt Conni. Als sie Annas und Billis verwunderte Blicke bemerkt, erklärt sie, dass sie nur laut nachgedacht hat. »Ich meine, es ist doch total egal, wie Dina sich gerade verhält. Wenn sie sich erst mal an die Situation gewöhnt hat, freut sie sich bestimmt auch.«
»Aber was können wir tun?«, fragt Billi.
»Keine Ahnung«, gibt Conni zu. »Erst mal reden wir mit ihr. Vielleicht hilft das schon ein bisschen.«
»Wir können ja eine Babyparty für sie veranstalten«, schlägt Anna vor.
»Und wie soll die aussehen?«, fragt Conni.
»Weiß ich auch nicht.« Anna tippt sich an die Nase. »Wir übernachten bei mir und denken uns irgendwas aus. Bestimmt gibt es im Internet lustige Babyfilme. Dazu backen wir Muffins mit hellrosa und blauem Zuckerguss. Schließlich wissen wir ja noch nicht, ob es ein Junge oder ein Mädchen wird. Wir können auch ein paar Windeln besorgen und schon mal üben.«
»Ist das dein Ernst?«, erkundigt sich Billi freundlich.
»Natürlich!« Anna strahlt. »Ich hab noch alle meine Babypuppen! Die eignen sich sehr gut zum Üben. Fläschchen geben, wickeln, baden, anziehen, herumtragen – das volle Geschwisterprogramm!«
»Ich weiß nicht ...« Conni wiegt den Kopf. »Vielleicht sollten

wir lieber mit den lustigen Filmen und den Muffins anfangen? Wenn wir Dina gleich mit Babypuppen und Windeln überfallen, findet sie das wahrscheinlich nicht so lustig.«
Anna und Billi sind einverstanden.
»Okay«, sagt Conni. »Wollen wir uns nachher in der Bücherei treffen? Da kann man sich nicht nur Bücher, sondern auch DVDs ausleihen. Bestimmt haben die was Passendes für uns.«
»Au ja, das wird cool!« Annas Augen funkeln. »Eine echte Babyparty! Wollen wir die Jungs nicht auch einladen?«
Conni wirft einen Blick über die Schulter. Phillip erklärt Paul gerade einen Freistoßtrick.
»Ehrlich gesagt glaub ich nicht, dass die auf Windeln und Nuckelfläschchen stehen.«
»Wer weiß?«, grinst Billi.

***

Am Nachmittag treffen sich die drei zur verabredeten Zeit vor der Stadtbücherei. Conni und Anna sind mit ihren Rädern da. Billi kommt zu Fuß von der Bushaltestelle.
»Hi, ihr zwei!«, ruft sie von weitem.
»Hallo!« Conni schiebt ihr Fahrrad in den Ständer vor dem Büchereieingang und schließt es mit Annas Rad zusammen. Als sie sich wieder aufrichtet, stellt sie fest, dass etwas fehlt. Nein, korrigiert sie sich. Nicht etwas, sondern jemand.
»Dina fehlt. Findet ihr nicht?«
»Stimmt«, sagt Anna. »Sonst sind wir immer zu viert.«
»Das ABCD-Kleeblatt«, nickt Billi.
Sie schauen sich betreten an.
»Wollen wir sie nicht anrufen und fragen, ob sie auch herkom-

men will? Sie war nach der Schule so schnell verschwunden. Das fand ich total schade.« Conni holt ihren Büchereiausweis aus dem Portemonnaie.
»Du hast Recht«, meint Billi. »Schließlich geht es hier eigentlich um sie.«
»Und um das neue Baby!«, fügt Anna hinzu. »Allerdings glaub ich nicht, dass Dina große Lust hat, mit uns zusammen Babyfilme und Ratgeber für Babysitter auszusuchen. Das Thema scheint sie doch ziemlich zu nerven. Wir sollten ihr lieber noch ein bisschen Zeit lassen.«
»Ja, kann sein«, murmelt Conni. »Hoffentlich gibt sich das bald wieder. Es ist irgendwie schöner, wenn wir alle zusammen sind.«
»Find ich auch.« Billi stupst sie mit dem Ellbogen an. »Aber jetzt gucken wir erst mal, was wir hier kriegen. Danach sehen wir weiter. Einverstanden?«
Sie streckt die Hand aus.
Conni und Anna klatschen sie ab.
»Dann mal los!«, sagt Conni.

Eine Dreiviertelstunde später haben sie alles, was ihrer Meinung nach zu einer gelungenen Babyparty dazugehört.
Anna hält ein paar DVDs in der Hand.
Conni balanciert einen Stapel Bücher.
Die Bibliothekarin lächelt, als sie die Auswahl sieht.
»Kuck mal, wer da spricht. Drei Männer und ein Baby. Hilfe, meine Mama bekommt ein Baby. Der große Babysitter-Ratgeber. Das Geheimnis glücklicher Geschwister«, zählt sie auf, während sie die Titel nacheinander einscannt. »Da habt ihr euch ja einiges vorgenommen. Braucht ihr das alles für die Schule?«

»Nö«, grinst Billi. »Das ist ein privates Projekt.«
Conni und Anna kichern.
Billi versenkt die DVDs in ihrem Rucksack. Die Bücher teilen Conni und Anna unter sich auf. Als sie wieder draußen auf dem Vorplatz der Bücherei stehen, sind sie sehr zufrieden mit sich.
»Jetzt brauchen wir nur noch ein paar Zutaten, damit wir Muffins backen können«, sagt Anna.
»Du meinst, die rosa und hellblauen Babymuffins?«, fragt Conni.
Anna nickt.
»Wann soll unsere Dina-wird-eine-große-Schwester-Übernachtungsparty eigentlich steigen?«, will Billi wissen, während sie den Supermarkt an der nächsten Ecke ansteuern.
»Kommendes Wochenende geht es leider nicht«, antwortet Anna. »Da kriegen wir Besuch. Aber wie wär's mit nächster Woche Freitag? Ich hab meine Mutter schon gefragt. Wenn ihr wollt, könnt ihr gleich nach der Schule mit zu mir kommen.«
Conni und Billi sind einverstanden.
»Cool!«, meint Conni. »Bestimmt hat Dina sich bis dahin auch wieder beruhigt und freut sich auf das Baby.«
»Und wenn nicht, helfen wir mit unserer Überraschungsparty ein bisschen nach.« Billi kräuselt die Stirn, als würde sie über etwas nachdenken. »Ich wüsste zu gern, wann das Baby kommt.«
»Ich auch«, erwidert Conni. »Aber wenn Dina es jetzt erst erfahren hat, dauert es bestimmt noch ein Weilchen.«
»Hauptsache, die arme Frau Dosso muss sich nicht die ganze Zeit übergeben.« Anna verdreht die Augen. »Ich glaub, ich möchte niemals schwanger werden.«
»Ich denke, du findest Babys so süß?«, zieht Conni sie auf.

»Ja, schon«, erwidert Anna zögernd. »Aber die Vorstellung, dass einem die ganze Zeit schlecht ist und der Bauch immer dicker und dicker wird, bis er wie eine außer Kontrolle geratene Wassermelone aussieht, ist irgendwie komisch. Findet ihr nicht?«
»Allerdings«, sagt Billi. »Ich kann mir das überhaupt nicht vorstellen.«
»Ich auch nicht«, gibt Conni zu.
»Andererseits möchte ich irgendwann schon gerne Kinder haben. Am liebsten Zwillinge, ein Mädchen und einen Jungen. Aber erst später. Vielleicht mit dreißig oder so.«
»Zwillinge?« Billi verdreht die Augen. »Warum nicht«, meint Anna. »Schließlich haben nicht alle Frauen irgendwelche Schwangerschaftsprobleme.«
»Bestimmt nicht«, lacht Conni. »Sonst wär die Menschheit vermutlich längst ausgestorben.«
Sie betreten den Supermarkt, schnappen sich einen Einkaufswagen und steuern auf ein Regal zu, in dem stapelweise Packungen mit Babybrei, Gläschen mit Obst und Gemüse, Lätzchen, Schnuller und Beißringe in verschiedenen Formen und Farben und viele andere Babyartikel aufgereiht sind.
Conni wirft einen Blick auf die Preise und schluckt.
»Boah, ist das alles teuer!«, entfährt es ihr.
»Guckt mal, die Babywindeln sind gerade im Sonderangebot.« Anna greift in das untere Regal, zieht eine Packung heraus und betrachtet sie prüfend von allen Seiten. »Wollen wir die nicht vorsichtshalber schon mal mitnehmen? Die kleinste Größe für Neugeborene ist perfekt zum Üben. Die passt auch Puppen.«

»Dina wird begeistert sein«, sagt Billi ironisch.
Conni grinst.
»Darauf können wir jetzt keine Rücksicht nehmen«, meint Anna. »So günstig kriegen wir die Dinger nie wieder.«
Sie wirft das Windelpaket in den Einkaufswagen.
Conni legt eine Packung Fertigteig für die Muffins dazu. Die Schachtel ist ein bisschen eingedrückt und daher im Preis heruntergesetzt.
»Eier, Butter und Milch haben wir noch zu Hause«, sagt Anna. »Lebensmittelfarben auch.«
»Hellblau und Rosa?«, fragt Conni.
»Ja, klar! Pastellfarben gehören doch zur Grundausstattung in jedem Haushalt«, gibt Anna zurück.
»In unserem nicht«, lacht Billi. »Zum Glück!«
»In unserem auch nicht«, schließt Conni sich an. »Meine Mutter kauft nur gesunde Sachen.«
Sie packen alles ein und wollen den Supermarkt schon verlassen, als Billi vor einer Pinnwand stehen bleibt, an der lauter kunterbunte Zettel befestigt sind. Auf der linken Seite suchen Kunden etwas – eine gebrauchte Waschmaschine oder eine zuverlässige Haushaltshilfe –, auf der rechten Seite hängen Karten, auf denen etwas angeboten wird, unter anderem ein Karton Marmeladengläser, privater Klavierunterricht und ein reparaturbedürftiges Kinderfahrrad.
»Suchst du etwas Bestimmtes?«, erkundigt sich Conni.
»Nö.« Billi schüttelt den Kopf. »Aber guck mal hier. Ist das nicht bei euch in der Nähe?«
Sie tippt auf das Foto einer Katze. Darunter steht in Großbuchstaben:

Conni betrachtet das Foto der vermissten Katze. Mitsuki ist eine bildschöne Katze mit weißem Fell und rotbraunen und schwarzen Flecken.

»Eine Glückskatze«, meint Billi. »So nennt man solche dreifarbigen Katzen.«

»Ja, das habe ich auch schon mal gehört«, nickt Conni. »Mitsuki … Was für ein hübscher Name. Hier steht gar nicht, wie lange sie schon vermisst wird. Hoffentlich ist sie noch in der Nähe. Der Pappelkamp ist wirklich bei uns um die Ecke. Da fahren ziemlich viele Autos. Das kann für eine Katze ganz schön gefährlich sein.«

Der untere Rand des Zettels ist in mehrere schmale Abschnitte unterteilt. Auf jedem ist fein säuberlich die Telefonnummer der Besitzerin notiert. Vorsichtig trennt Conni einen Abschnitt ab.

»Ich halte die Augen offen«, verspricht sie.

»Ich auch«, sagt Anna. »Eine Katze kann schließlich nicht einfach so verschwinden.«

»Manchmal schon«, meint Billi. Sie kritzelt sich die Nummer mit einem Kuli auf den Unterarm.

»Wieso reißt du nicht auch einfach einen von den Schnipseln ab?«, fragt Anna.

»Es ist besser, wenn wir noch welche hängen lassen«, antwortet Billi. »Außerdem kann ich meinen Arm im Gegensatz zu solchen Mini-Zetteln nicht so schnell verlieren.«

Conni und Anna lachen.

»Vielleicht hat Mitsuki ja Glück und ist bald wieder zu Hause«, sagt Billi hoffnungsvoll. »Möglicherweise hat sie jemand gefunden und im Tierheim abgegeben. Ich frag da mal nach.«

»Gute Idee!« Conni schiebt den Zettel in ihre Jeanstasche. Sie denkt an Mau. Nicht auszudenken, wenn der plötzlich weg wäre!

***

Zu Hause holt Conni ihr Tagebuch hervor, um all die spannenden Neuigkeiten aufzuschreiben.

Dinas Mutter bekommt ein ♡ Baby! ♡
WAHNSINN!! ♡♡
Ich kann mir gar nicht vorstellen, wie
Dina sich jetzt fühlt.
Sie hat gesagt, dass es ihr peinlich ist.
Wieso eigentlich peinlich?
Ich würde mich freuen. Glaube ich jedenfalls ...
Vielleicht wär's zuerst ein bisschen komisch,
wenn Mama noch mal schwanger wäre,
aber dann wär's bestimmt ziemlich cool.
Unsere ganzen Babysachen haben wir
jedenfalls noch. Jakobs, und meine auch.
Die Kartons stehen auf dem Dachboden.
Aber ich glaub nicht, dass Mama und
Papa noch ein Kind wollen. Die arbeiten
viel zu viel.
Außerdem haben wir gar kein
Zimmer mehr frei.

Sie hört auf zu schreiben und knabbert nachdenklich an ihrem Füller. Mit einem Baby würde es im Haus ganz schön eng werden, überlegt sie. Und unruhig und laut auch. So ein Baby schreit schließlich ziemlich viel. Besonders, wenn es noch ganz neu auf der Welt ist. Das hat sie damals auf ihrer Klassenfahrt

nach Brighton selbst erlebt. Mandys kleine Schwester Mary-Lou hat Tag und Nacht gebrüllt und die Familie um den Schlaf gebracht. Aber süß war sie trotzdem.
»Es hat eben alles Vor- und Nachteile«, sagt Conni zu Mau, der in seinem Körbchen sitzt und sich putzt. »Sogar ein Baby.«
Vielleicht ist Dina deshalb so unglücklich? Weil ein neues Geschwisterchen so viel Unruhe bringt?
Dina hat gerne ihre Ruhe. Besonders, wenn sie zeichnet. Und sie zeichnet fast ständig.
Wo das Baby wohl schlafen soll?, überlegt Conni weiter. Dina wohnt mit ihren Eltern in einer Etagenwohnung. Ob Dina ihr Zimmer teilen muss, wenn das Geschwisterchen erst mal da ist? Vielleicht ist sie ja deshalb so unglücklich.
»Puh«, macht Conni. »Ich glaub, das wird alles noch ganz schön kompliziert.«
Sie legt den Füller beiseite, klappt ihr Tagebuch zu und steht auf, um Mau zu streicheln. Er fängt sofort an zu schnurren.
Conni lächelt.
»Wir kriegen das schon hin«, sagt sie. »Schließlich sind wir Dinas beste Freundinnen. Wir halten zusammen und lassen sie nicht im Stich. Wenn das Baby erst mal da ist, hat es nicht nur eine tolle große Schwester, sondern auch drei tolle Patentanten. Anna, Billi und mich. Tante Conni – das hört sich doch cool an, oder?«
Mau schnurrt einfach weiter, als würde ihn das Thema nicht besonders interessieren.
Typisch Junge, denkt Conni.
Plötzlich fällt ihr der Zettel ein, der immer noch in ihrer Jeanstasche steckt. Sie holt ihn heraus und streicht ihn vorsichtig

glatt. Ob Billi schon etwas herausgefunden hat? Vielleicht hat wirklich jemand Mitsuki gefunden und sie ins Tierheim gebracht. Oder sie hat inzwischen ganz allein wieder nach Hause gefunden. Das wäre zu schön.

Auf dem Heimweg vom Supermarkt hat Conni vorhin unter jeden Busch, hinter jede Hecke geschaut und die ganze Zeit gerufen und gelockt. Sie nimmt sich vor, morgen früh ein paar Leckerlis einzustecken. Irgendwo muss die Katze doch sein!

Sie hört ein Auto in der Einfahrt. Wenig später klappt unten die Haustür.

»Jemand zu Hause?«, ruft Papa.

»Jahaa!«, kommt es dreistimmig zurück.

Conni gibt Mau einen liebevollen Stups.

»Juhu, das Geburtstagskind ist da! Wir gehen jetzt essen, aber wir sind bald zurück. Dann gucken wir zusammen das Überraschungsvideo. Mach's dir solange gemütlich!«

Als hätte er sie verstanden, rollt Mau sich zu einer schnurrenden Fellkugel zusammen. Er blinzelt Conni noch einmal an. Dann legt er seinen Kopf auf die Vorderpfoten, schmatzt zufrieden und schließt die Augen.

Conni flitzt nach unten. Gut, dass Papa endlich da ist!

Ihr Magen knurrt wie verrückt. Außerdem muss sie ihrer Familie unbedingt von Mitsuki erzählen, damit die anderen ebenfalls ihre Augen nach der kleinen Glückskatze offen halten.

In der Schule benimmt sich Dina am nächsten Morgen wieder ganz normal. Vielleicht ist sie noch ein bisschen stiller als sonst, aber da sie eigentlich immer eher ruhig ist, fällt es kaum auf. Conni beschließt jedenfalls, das Thema Baby lieber nicht zu erwähnen. Ihr Vater sagt immer, dass man schlafende Hunde nicht wecken soll. Das gilt bestimmt auch für werdende große Schwestern, die sich gerade ein bisschen entspannt haben.

Als Anna und Billi in die Klasse kommen, versucht Conni, ihnen ein Zeichen zu geben, damit sie bloß nicht von dem Baby anfangen. Sie zwinkert wie wild und räuspert sich.

»Hast du etwas im Auge?«, erkundigt sich Billi freundlich, während sie ihre Tasche an den Haken unter dem Tisch hängt. »Oder einen kleinen Frosch im Hals?«

Conni schüttelt den Kopf.

»Nein, ich wollte nur wissen, ob du schon was wegen Mitsuki herausgefunden hast. Hast du gestern noch im Tierheim angerufen?«

»Ja, hab ich. Leider gibt es keine Fundkatze, auf die die Beschreibung passt.«

»Schade«, seufzt Conni. »Ich hab auch keine Spur entdeckt. Dabei hab ich heute extra Katzenleckerlis eingesteckt, um sie anzulocken.«

Als sie Dinas neugieriges Gesicht bemerkt, erzählt sie ihr von dem Zettel im Supermarkt.
»Oje«, meint Dina. »Die arme kleine Katze, so ganz allein da draußen. Es wäre ja zu schön gewesen, wenn sie schon jemand gefunden hätte.«
Anna stimmt ihr zu. Dann wechselt sie ziemlich rasch das Thema und kommt auf die Übernachtungsparty zu sprechen.
Conni wirft ihr einen warnenden Blick zu, damit sie nicht das B-Wort erwähnt – B wie Baby! –, auf das Dina so allergisch reagiert. Anna nickt unauffällig.
»Hast du zufällig Zeit und Lust, nächsten Freitag zu meiner Pyjamaparty zu kommen?«, wendet sie sich ganz harmlos an Dina. »Wir wollen Muffins backen und Filme gucken.«
»Wer ist wir?«, fragt Dina zurück.
»Was für eine Frage! Wir vier natürlich!« Conni lacht.
Billi nickt. »Wir haben schon alles besorgt. Du brauchst dich um gar nichts zu kümmern.«
»Stimmt genau«, bestätigt Anna. »Du musst nur einen Schlafsack, ein Nachthemd und gute Laune mitbringen. Und deine Zahnbürste natürlich!«
Dinas Reaktion fällt nicht so aus, wie die anderen erwartet hatten. Sie scheint sich überhaupt nicht zu freuen. Im Gegenteil.
»Wann habt ihr euch das denn ausgedacht?«, fragt sie misstrauisch.
Billi und Anna drucksen ein bisschen herum. Conni weiß gar nicht, warum.
»Gestern«, sagt sie schnell. »Wir haben uns zufällig in der Stadt getroffen. Anna hatte die spontane Idee, dass wir mal wieder zusammen backen und DVDs gucken könnten.«

Das ist zwar leicht geflunkert – schließlich haben sie sich weder zufällig getroffen noch war die Idee besonders spontan –, aber das muss Dina ja nicht unbedingt wissen.
»Und? Hast du Zeit?«, fragt sie.
»Ja, vielleicht«, antwortet Dina leise. Sie zuckt mit den Schultern. »Es hängt ganz davon ab, wie es meiner Mutter geht.«
»Ist ihr immer noch so übel?«, fragt Conni mitfühlend.
Dina nickt.
»Das ist ja gemein!«, entfährt es Billi. »Hoffentlich hört das bald mal auf. Gibt es denn kein Mittel dagegen? Eine Schwangerschaft soll schließlich schön sein und glücklich machen. Aber man soll sich doch nicht die ganze Zeit krank fühlen!«
Conni stimmt ihr zu.
»Ich hab mal gelesen, dass die Übelkeit irgendwann von ganz allein nachlässt. Spätestens, wenn der Körper sich an das ganze Hormonchaos gewöhnt hat, geht es den meisten Frauen richtig gut«, sagt sie betont optimistisch, weil Dina so traurig aussieht. »Deiner Mutter bestimmt auch.«
»Hoffentlich«, murmelt Dina düster.
Als es zur Stunde gongt, beugt sie sich über ihren Rucksack und holt die Englischsachen heraus. Das abgrundtiefe Seufzen, das sie dabei ausstößt, ist nicht zu überhören.
Conni, Anna und Billi wechseln einen Blick über ihren Rücken hinweg.
Anna runzelt die Stirn.
Billi macht ein Gesicht, als würde sie am liebsten ebenfalls seufzen.
Conni presst die Lippen zusammen und klappt ihr Buch auf. Dass Dina so mies drauf ist, gefällt ihr ganz und gar nicht.

In der Pause nimmt Phillip sie beiseite. Sie stehen im Gang vor den Vitrinen, in denen Töpferarbeiten aus der Kunst-AG und die Sportpokale der Geräteturner ausgestellt sind. Die anderen drängeln sich an ihnen vorbei.

»Bleibt es bei heute Nachmittag?«, fragt Phillip. »Ich hab Karten für die zweite Vorstellung besorgt. Soll ich dich abholen?«

Conni lächelt. An die Kinoverabredung hat sie gar nicht mehr gedacht. Kein Wunder.

»Wir können uns ja an der Entenbrücke treffen«, schlägt sie vor, »und von da aus zusammen fahren.«

Die Brücke über dem kleinen Teich im Park liegt genau in der Mitte. Von dort ist es gar nicht mehr weit in die Stadt.

»Okay.« Phillip nickt. »Ich freu mich!«

»Ich mich auch«, sagt Conni. Sie nimmt sich vor, Phillip eine Limo zu spendieren und ihn zu einem Eimer Popcorn einzuladen. Immerhin hat er die Eintrittskarten organisiert und bezahlt. Dann erzählt sie ihm von der vermissten Katze. Phillip hört aufmerksam zu.

»Vielleicht hat sie sich in einem Garten versteckt und traut sich nicht mehr raus«, meint er. »Oder jemand hat sie versehentlich irgendwo eingesperrt. Manchmal springen Katzen auch in ein offenes Auto und fahren unbemerkt mit.«

»Ach herrje!«, sagt Conni erschrocken. »Dann kann sie ja sonst wo sein!«

Phillip nickt.

»Vielleicht macht sie aber auch nur einen kleinen Streifzug und ist bald wieder zurück«, sagt er lächelnd.

Conni staunt. Seit wann kennt Phillip sich so gut mit Katzen aus? Hat er etwa heimlich ein Buch gelesen?

Sie verabreden eine Uhrzeit und schlendern schließlich hinaus. Anna und Billi stehen auf dem Schulhof und machen neugierige Gesichter. Conni winkt ihnen zu.

***

Am Nachmittag erledigt sie alle Hausaufgaben im Schnelldurchlauf, dann muss sie am Wochenende keinen Gedanken mehr daran verschwenden. Nur eine Seite Vokabeln muss sie noch lernen und ein paar neue Formeln für Physik. Aber das kann sie zwischendurch machen. Der größte Teil ist abgehakt. Conni ist sehr zufrieden mit sich.

Sie steht im Flur, wirft einen letzten prüfenden Blick in den Spiegel an der Garderobe und will sich gerade auf den Weg machen, als ihre Eltern von der Arbeit nach Hause kommen.

»Nanu?«, fragt Papa. »Wohin des Weges?«

»Ins Kino mit Phillip. Hab ich euch doch beim Frühstück erzählt.« Conni nimmt ihren Rucksack und unterdrückt ein Aufstöhnen. Sie hat ihren Eltern wirklich erzählt, dass sie heute mit Phillip verabredet ist. Wahrscheinlich haben die beiden mal wieder nicht richtig zugehört. Papa jedenfalls nicht. Das kann sie an seiner erstaunten Miene ablesen, als sie sich an ihm vorbeischiebt. »Ich muss mich echt beeilen. Sonst komm ich zu spät.«

»Viel Spaß!«, wünscht Mama.

»Danke«, erwidert Conni lächelnd.

»Sei bitte pünktlich um acht zurück«, sagt Papa und hängt seine Jacke auf.

Conni erstarrt mitten in der Bewegung. Sie steht schon vor der Haustür. Ihre Hand liegt auf dem Knauf.

»Was? Wieso das denn?«, fragt sie entsetzt. Sie dreht sich um.

»Das schaff ich niemals! Der Film ist doch erst um kurz vor acht zu Ende. Vielleicht wollen wir hinterher noch irgendwo Pommes essen.«
»Dann um Viertel nach acht.« Papas Jacke baumelt am Haken. Conni schnappt nach Luft.
»Aber heute ist Freitag! Ich kann morgen ausschlafen«, protestiert sie. »In meinem Alter gehen andere freitagabends in die Disco und kommen erst irgendwann spätnachts nach Hause!«
Jetzt schnappt Papa auch nach Luft.
Zum Glück mischt Connis Mutter sich ein.
»Einigen wir uns auf Viertel vor neun«, sagt sie. »Spätestens. Dann ist es draußen noch hell. Einverstanden?«
»Okay«, grummelt Conni. Dass sie mit zwölf kein Baby mehr ist und es ziemlich doof findet, dass ihre Eltern sie trotzdem manchmal noch so behandeln, sagt sie lieber nicht. »Ciao, bis dann.«
»Tschüss«, sagt Papa.
Am liebsten würde Conni die Tür hinter sich zuknallen, stattdessen zieht sie sie betont leise ins Schloss. Nicht, dass sie doch noch um acht nach Hause kommen soll.
Um acht! Freitagabends!
»Mannomann«, schnauft sie und schwingt sich auf ihr Rad. Ob Phillip auch solche Probleme hat? Bestimmt nicht. Erstens ist er ein Jahr älter als sie, zweitens ein Junge und drittens ist sein Vater in solchen Dingen ziemlich großzügig.
Kann es sein, dass Jungs generell mehr dürfen als Mädchen? Manchmal kommt es Conni so vor.

Auf dem Weg zum Park ertappt sie sich dabei, dass sie immer wieder links und rechts in die Gärten schaut, ob da nicht zufällig eine einsame dreifarbige Katze sitzt. Leider ist nur ein gefleckter Hund zu sehen, der die Nase hebt und neugierig schnuppert. Keine Spur von Mitsuki …

Conni unterdrückt einen Fluch.

Als sie im Park ankommt und Phillip sieht, wie er am Brückengeländer über dem Ententeich lehnt, auf sie wartet und strahlend lächelt, sobald er sie bemerkt, sind der Stress mit Papa und die Sorge um Mitsuki fast vergessen.

»Hi!«, sagt Phillip und strahlt noch ein kleines bisschen mehr. Er beugt sich vor und gibt ihr zur Begrüßung einen Stups auf die Nase. Conni kichert.

»Ist was?«, fragt er.

»Nein, alles gut«, versichert sie schnell. »Wollen wir los?«

»Klar.«

Sie schieben ihre Räder über die Brücke und gehen nebeneinanderher. Phillip erzählt vom Fußballtraining und dass er sich vielleicht demnächst eine elektrische Gitarre kaufen will.

»Wie cool«, sagt Conni. »Kannst du denn spielen?«

»Nö. Aber das lernt man bestimmt schnell«, meint Phillip. »Im Internet gibt es eine Menge Anleitungen und Videos.«

Conni versucht sich Phillip mit einer Gitarre vorzustellen. Es gelingt ihr mühelos. »Warum nicht Schlagzeug? Das würde auch gut zu dir passen!«, sagt sie grinsend.

»Stimmt«, lacht Phillip. »Aber ich dachte, ich fang erst mal mit einer E-Gitarre an. Steigern kann ich mich immer noch. Vielleicht findet mein Dad es ja nicht so toll, wenn ich über ihm und seinen Mandanten rumtrommele.«

Conni nickt verständnisvoll. Phillips Vater hat eine Anwaltskanzlei im Erdgeschoss des Hauses, in dem er und Phillip wohnen.

Am Ende des Parks überqueren sie eine Kreuzung und schwingen sich anschließend auf die Räder. Bis in die Stadt ist es nicht mehr weit. Sie müssen sich gar nicht beeilen. Schließlich haben sie schon ihre Eintrittskarten und brauchen vor dem Kino nicht in der Schlange zu stehen.
Die Schlange hält sich allerdings in Grenzen. Das erkennt Conni schon von weitem. Vor der Kasse des kleinen Kinos wartet eine sehr überschaubare Anzahl von Menschen.
Phillip und sie parken ihre Räder, schließen sie ab und betreten den Vorraum.
»Popcorn?«, fragt Phillip und zeigt auf den Verkaufstresen.
»Auf jeden Fall!«, nickt Conni. »Aber das spendiere ich. Die Limo auch. Oder möchtest du lieber was anderes trinken?«
»Ein Malzbier wär klasse.« Phillip pustet sich eine Locke aus der Stirn. »Danke.«
»Bitte, gerne«, antwortet Conni und gibt die Bestellung auf. Sie hat vorhin ihr Taschengeld und den gesamten Inhalt ihres Sparschweins gezählt. Der Monat hat gerade erst angefangen. Ein mittlerer Eimer Popcorn, eine Limo und eine Flasche Malzbier sind locker drin.

Wenig später sitzen sie in den weichen Sesseln. Phillip hat zwei Plätze in der letzten Reihe reserviert. Genau in der Mitte und mit viel Freiheit für die Füße. Zufrieden streckt er die Beine aus und greift in den Popcorneimer, den Conni auf ihrem Oberschenkel balanciert.
Conni will sich auch gerade etwas Popcorn nehmen. Ihre und Phillips Fingerspitzen berühren sich. Es fühlt sich wie ein kleiner, sehr kribbeliger Stromschlag an.

»Ups«, macht Phillip und grinst. »Sorry.«
»Macht doch nichts«, erwidert Conni. Zum Glück geht in dieser Sekunde das Licht aus, sonst hätte Phillip garantiert gesehen, dass ihre Wangen knallrot geworden sind.
Der Film ist laut, bunt und so spannend, dass Conni unauffällig ein bisschen näher an Phillip heranrückt. Er scheint nichts dagegen zu haben. Im Gegenteil, sein Grinsen wird noch breiter, das sieht Conni genau, als sie einen Blick zur Seite wirft. An Popcorn und Limo verschwendet sie keinen Gedanken mehr. Immer wieder zuckt sie zusammen und hält die Luft an, wenn einer der Helden sich aus einer besonders brenzligen Situation befreien muss und ihm explodierende Autos und Gebäudeteile um die Ohren fliegen. Sie findet es sehr beruhigend, die ganze Zeit Phillips Schulter neben sich zu spüren.

Als das Kino vorbei ist, bummeln sie ein Stück durch die Innenstadt. Ihre Räder nehmen sie mit und schieben sie neben sich her durch die Fußgängerzone.
»Hat dir der Film gefallen?«, fragt Phillip neugierig.
»Ja, ich fand ihn ziemlich cool.« Conni hat das Gefühl, als müssten sich ihre Augen nach all den Explosionen und grellen Spezialeffekten erst wieder umstellen. Sie blinzelt ein paarmal.
»Ich kann dich ja nachher nach Hause bringen«, bietet Phillip an. Er hat bemerkt, dass Conni einen Blick auf ihr Handydisplay geworfen hat, um die Uhrzeit zu checken.
»Das wird meinen Vater bestimmt freuen.« Conni schildert ihm die kurze Szene im Hausflur. Phillip lacht. »Außerdem können wir bei der Gelegenheit vielleicht auch noch mal nach der verschwundenen Katze Ausschau halten.«

»Ja, klar«, sagt Phillip, ohne zu zögern.
Als sie auf einen Imbiss zusteuern, schlägt er vor, dass sie sich eine Portion Pommes teilen. »Oder möchtest du lieber einen Döner oder was ganz anderes?«
»Eigentlich bin ich noch pappsatt von dem Popcorn«, gesteht Conni. »Aber ein paar Pommes schaff ich bestimmt noch.«
Sie wartet draußen und passt auf die Räder auf, während Phillip in dem Imbiss verschwindet.
Als sie sich umschaut, fällt ihr ein Paar auf. Es steht vor einem Babygeschäft und guckt sich die Schaufenster an. Die Frau zeigt auf einen Kinderwagen und lacht. Sie kommt Conni bekannt vor.
»Kennst du die?« Phillip stellt das randvolle Pappschälchen in die Mitte des runden Stehtisches, schnappt sich zwei Kartoffelstäbchen und tunkt sie in die Ketchup-Mayonnaise-Mischung, die die Riesenportion krönt.
»Das sind Herr und Frau Dosso, Dinas Eltern«, nickt Conni. »Anscheinend gucken sie sich schon mal ein paar Babysachen an.«
»Dann ist Dinas Mutter also wirklich schwanger?«, fragt Phillip. »Ist ja cool!«
»Findest du?« Conni zieht eine einzelne Fritte aus dem Berg und schiebt sie sich zwischen die Zähne. »Da ist Dina aber ganz anderer Meinung.«
Phillip hört aufmerksam zu, als sie ihm erzählt, wie unglücklich Dina ist. Der Pommesberg wird schnell kleiner. Phillip geht noch einmal in den Imbiss und kehrt mit einer Cola und zwei Strohhalmen zurück.
»Natürlich ist es eine große Umstellung«, sagt er. »Aber dass Dina sich überhaupt nicht freut …«

Er lässt den Satz offen, schiebt seinen Strohhalm in die Flasche und nuckelt nachdenklich daran.
»Würdest du dich denn freuen, wenn die Freundin deines Vaters plötzlich schwanger wäre?«, fragt Conni.
»Klar«, erwidert Phillip, ohne eine Sekunde zu zögern. »Ich stell's mir ziemlich lustig vor, kein Einzelkind mehr zu sein.«
»Stimmt. Ist es auch.« Conni denkt an Jakob und lächelt. Für sie ist es absolut unvorstellbar, keinen jüngeren Bruder zu haben. Auch wenn er manchmal nervt.
Die Turmuhr am Rathaus schlägt. Conni schaut auf.
»Was? Schon halb neun? Haben wir wirklich so lange gequatscht? Ich muss um Viertel vor zu Hause sein, sonst kriegt mein Vater die Krise!«
»Du meinst, er könnte Hausarrest, Taschengeldentzug und Strafarbeiten über dich verhängen? Dann sollten wir uns echt lieber beeilen!« Phillip versenkt das leere Pommesschälchen in einem Abfallkorb und bringt die Pfandflasche in den Laden.

Zwei Minuten später rollen sie mit ihren Rädern über den Asphalt. Connis Haare flattern im Wind. Phillip wirft ihr immer wieder Seitenblicke zu.
»Ist was?«, fragt Conni, als sie es bemerkt.
»Nö«, meint Phillip und grinst.
Im Ahornweg halten sie an. Es ist siebzehn Minuten vor neun.
»Perfekt!« Conni atmet erleichtert auf. Nicht, dass sie tatsächlich befürchtet, von Papa mit Taschengeldentzug oder Hausarrest bedacht zu werden, nur weil sie zu spät kommt. Ihr geht es mehr ums Prinzip und darum, dass sie ihm beweist, wie zuverlässig sie ist. »Vielen Dank fürs Kino!«

»War mir ein Vergnügen. Tut mir leid, dass wir jetzt keine Zeit mehr für die Katzensuche haben.«
»Macht nichts«, sagt Conni. »Morgen ist doch auch noch ein Tag.«
Als Phillip sich vorbeugt, zuckt sie zusammen. Er wird sie doch nicht küssen? Hier mitten auf der Straße, wo alle Nachbarn und – noch viel schlimmer! – ihre Eltern sie sehen können?
Nein, puh. Er streift ihr nur eine lose Haarsträhne aus dem Gesicht.
»Hat echt Spaß gemacht heute. Wir telefonieren, okay?«
»Ja, klar. Ich fand's auch cool.« Ganz kurz versinkt Conni in seinen braunen Augen.
»Schlaf gut!« Phillip radelt davon, ohne sich noch einmal umzuschauen.
»Du auch«, sagt Conni, obwohl er sie gar nicht mehr hören kann.
Auf ihrem Gesicht liegt ein breites Grinsen.
Es ist sogar noch da, als sie ihr Rad in den Schuppen stellt und die Haustür aufschließt.
Es ist auch noch da, als Mama und Papa sie fragen, wie es im Kino war.
Und es ist immer noch da, als Conni in ihren Schlafanzug schlüpft und sich die Zähne putzt.
Erst als sie im Bett liegt und nach ihrem Tagebuch und einem Stift greift, wird aus dem Grinsen ein glückliches Lächeln.
Mau ist auf die Matratze gesprungen und betrachtet sie aufmerksam. Conni fährt ihm über das seidige Fell. Dann klappt sie ihr Tagebuch auf und fängt an zu schreiben:

Heute war ein SUPERSCHÖNER Tag!
Besonders der Nachmittag, GRINS.
Zuerst das Kino, dann die Pommes und unser Gespräch ....
Mit Phillip kann man sich richtig gut unterhalten. Ob das mit anderen Jungs auch funktioniert?
Kann ich mir nicht vorstellen. Die meisten Jungs, die ich kenne, sind ziemlich albern und machen meistens blöde Witze. Phillip nicht. Der hört zu und gibt lauter gute Ratschläge.
Echt toll!!!
Dass er gerne Geschwister hätte, wusste ich gar nicht.

Conni lässt den Stift sinken.
»Ich kann ihm gerne mal Jakob für ein paar Tage ausleihen, damit er weiß, wie das so ist«, kichert sie. »Dann können sie Fußball spielen, Höhlen bauen und auf Bäume klettern.«
Sie legt Stift und Tagebuch beiseite und schnappt sich den Fantasy-Roman von ihrem Nachttisch, den sie aus der Bücherei mitgenommen hat. Er handelt von einem Mädchen, das in der Zukunft als Raketenmechanikerin arbeitet. Außerdem gibt es da

noch einen Prinzen. Er erinnert Conni ein bisschen an Phillip, weil er genauso süß und klug und sehr charmant ist.
»Hoffentlich geht unser Plan auf und wir können Dina davon überzeugen, dass es cool ist, eine große Schwester zu sein. Es wär so schön, wenn sie sich wenigstens ein bisschen auf das Baby freuen würde«, sagt sie zu Mau, bevor sie anfängt zu lesen.
Mau schnurrt zustimmend. Dann rollt er sich zusammen und fängt an zu schnarchen.
Conni liest ein paar Seiten, dann legt sie das Buch auf den Nachttisch, gähnt und macht das Licht aus. Schon bald ist sie eingeschlafen.
Irgendwann tief in der Nacht wacht sie auf. Sie hat ein Geräusch gehört. Ein leises Maunzen, ganz klein und kläglich. Oder hat sie es nur geträumt? Blinzelnd schaut sie sich im Zimmer um. Der Mond scheint durch einen Spalt im Vorhang. Mau liegt immer noch neben ihr. Vielleicht hat er im Schlaf miaut?
Sie rollt sich auf die Seite und klappt die Augen wieder zu, um weiterzuschlafen. Nur noch ein paar Stunden, dann klingelt der Wecker.

Die Zeit vergeht wie im Flug. Natürlich wissen Connis Eltern inzwischen, dass Frau Dosso schwanger ist. Dass Dina darüber nicht gerade glücklich ist, hat Conni bisher allerdings für sich behalten.

»Ein Baby, wie schön!«, sagt Mama eines Tages beim Mittagessen. Sie hat Dinas Mutter zufällig in der Stadt getroffen. Ihr Gesicht bekommt einen ganz verklärten Ausdruck, als sie von dem Baby spricht. Oder bildet Conni sich das nur ein? Sie runzelt die Stirn.

»Cool«, meint Jakob.

»Ja, schon«, meint Conni und wickelt eine Ladung Spaghetti um ihre Gabel.

»Im Moment hat es Dinas Mutter wirklich nicht leicht«, redet Mama weiter. »Die Morgenübelkeit nimmt sie sehr mit. Außerdem ist sie ständig müde und muss sich viel ausruhen.«

Conni würgt ihre Pasta herunter. »Bleibt das etwa so?«

»Vermutlich nicht«, erwidert ihre Mutter.

Conni atmet auf.

»Es gibt allerdings Frauen, die während der gesamten Schwangerschaft darunter leiden«, schränkt Mama ein.

»Was? Die ganzen neun Monate?« Conni reißt die Augen auf.

»Ja, das kommt vor.« Mama steht auf und holt noch etwas Par-

mesan aus dem Kühlschrank. »Dina muss jetzt bestimmt zu Hause viel helfen. Freut sie sich denn auf das Baby?«
»Ähm … ja, logo«, sagt Conni schnell. »Wir wollen Freitag alle bei Anna übernachten und ein bisschen feiern. Wir treffen uns gleich nach der Schule bei ihr. Ich darf doch, oder?«
»Sicher«, nickt Mama. »Wenn Annas Mutter einverstanden ist.«
»Ist sie«, bestätigt Conni. »Wir wollen Muffins backen und DVDs gucken. Lauter Babyfilme.«
Jakob grinst.
»Was für eine süße Idee!« Mama lächelt.
»Ja, das finden wir auch«, nickt Conni.

***

Zum Glück haben sie am Freitag nur fünf Stunden und die Hausaufgaben halten sich in Grenzen. Anna jubelt, als sie aus der Schule stürmen. »Freiheit! Wochenende! Juhu!«
Conni und Billi juchzen mit.
Sogar Dina zwingt sich zu einem Lächeln.
»Ich muss nur noch mal kurz nach Hause und meine Sachen holen«, sagt sie.
Conni und Billi haben ihr Schlafzeug gleich mit in die Schule genommen, damit sie von hier aus direkt zu Anna fahren können.
»Sollen wir mitkommen?« Conni legt ihre Schlafsackrolle auf den Gepäckträger ihres Fahrrads und zurrt sie dort fest.
»Nein, nicht nötig. Ich komm gleich nach. Spätestens in einer halben Stunde bin ich da«, versichert Dina und dreht sich schon um. »Wir sehen uns!«
Conni, Billi und Anna schauen ihr hinterher, wie sie in den

wartenden Bus steigt. Als der anfährt, winkt Dina durch das Fenster. Die drei winken zurück.
»Willst du wirklich mit dem Rad fahren?« Anna tippt Conni auf die Schulter. »Meine Mama kommt gleich mit dem Auto und sammelt Billi und mich ein. Wir hätten noch einen Platz frei.«
»Nö, danke. Ich strampel voraus.« Conni schwingt sich in den Sattel. »Ich will kurz beim Supermarkt anhalten und nachschauen, ob der Zettel noch da hängt.«
»Meinst du die Katzensuchanzeige?«, fragt Billi.
Conni nickt.
»Die ist noch da«, sagt Billi. »Ich war gestern mit meinen Eltern einkaufen und hab extra nachgeguckt.«
»Dann kann ich mir den Umweg ja sparen«, seufzt Conni.
Billi nickt betrübt.
»Dabei hab ich so ein Gefühl, als ob die Katze ganz in der Nähe ist«, mischt Anna sich ein.
»Ja, ich auch«, sagt Conni. »Echt merkwürdig … Tschüss, bis gleich!« Sie tritt in die Pedale und rauscht davon.
An der nächsten Kreuzung stehen Paul, Mark, Tim und Phillip. Conni hebt nur kurz die Hand und biegt ab, als die Ampel auf Grün springt. Die Jungs schauen ihr verwundert hinterher.
»Schönes Wochenende!«, ruft Phillip noch.
»Danke, gleichfalls!«, ruft Conni zurück.
An einer Baustelle hat sich ein langer Stau gebildet. Die Autos und Busse kommen nur einspurig vorbei. Zum Glück ist die Radspur frei.
Perfekt!, denkt Conni und grinst. Wenn das so weitergeht, bin ich vor den anderen da.

Sie schafft es nicht ganz. Kaum hält sie vor dem kleinen Einfamilienhaus an, in dem Anna mit ihrer Mutter und ihrem Hund Nicki wohnt, rollt auch schon das Auto in die Einfahrt.
Anna und Billi springen heraus.
»Erster!«, ruft Billi. Sie hüpft die Eingangsstufen hinauf und tickt die Haustür an.
»Aber nur ganz knapp!« Conni nimmt ihren Helm ab, schnappt sich ihr Gepäck und begrüßt Annas Mutter.
»Kommt rein, ihr Lieben«, sagt die. »Wo steckt Dina? Wollte sie nicht auch kommen?«
»Sie holt nur noch ihre Schlafsachen von zu Hause«, sagt Conni. »Bestimmt kommt sie gleich.«
Im Hausflur werden sie von Nicki begrüßt. Der hellbraune Hund springt wie ein Flummi auf und ab, wedelt mit dem Schwanz und überschlägt sich fast vor Freude. Anna lässt ihn schnell in den Garten.
»Los, kommt. Wir gehen nach oben in mein Zimmer«, schlägt sie vor.
Conni und Billi sind einverstanden.
»Wolltet ihr nicht einen Kuchen backen?« Annas Mutter bringt ihre Einkaufstüten in die Küche.
»Nö, Muffins«, stellt Anna richtig. »Aber damit warten wir noch, bis Dina da ist.«
Sie flitzt schon voraus, die Treppe hinauf bis in ihr Zimmer unter dem Dach. Conni und Billi schnappen sich ihre Siebensachen und stolpern hinter ihr her.
Oben angekommen, lässt Conni ihren Schulrucksack fallen, wirft die dicke Schlafsackrolle auf das Bett und sich selbst daneben. Sie schaut sich um. In Annas Zimmer ist fast alles rosa.

Die Bettwäsche, die Vorhänge vor dem Fenster, der Schirm ihrer Nachttischlampe … Sogar das Buch, das sie gerade liest, hat einen rosafarbenen Umschlag.
Wie bei einer Prinzessin, denkt Conni grinsend.
»Wisst ihr, was?«, fragt sie dann.
»Nö, was denn?«, fragt Billi zurück.
»Ich freu mich, dass endlich Wochenende ist.« Conni richtet sich auf und zupft ihren Pferdeschwanz zurecht. »Und besonders freu ich mich auf unsere Pyjamaparty.«
»Ich freu mich auf die Muffins«, lacht Anna. Ihr Handy meldet sich mit einem melodischen Popsong. Sie runzelt die Stirn. »Das ist Dina. Nanu, was will die denn?«
»Geh ran«, schlägt Conni vor. »Dann weißt du's.«
»Hallo, Dina! Was gibt's? Wann kommst du endlich?« Anna presst sich das Telefon ans Ohr und hört zu.
Conni und Billi lauschen angestrengt. Leider können sie nicht verstehen, was Dina sagt. Dafür wird Annas Stirn immer runzeliger.
»Hm, das ist ja doof«, murmelt sie. »Ja, verstehe. Alles klar. Bis dann. Ciao.« Sie legt auf.
Conni und Billi starren sie an.
»Was ist? Was hat sie gesagt?«, fragt Conni schließlich.
»Sie muss für ihre Mutter noch ein paar Sachen in die Reinigung bringen und das Bad putzen«, antwortet Anna.
»Das Bad putzen?«, wiederholt Billi.
»Das hat sie gesagt.« Anna zuckt mit den Schultern. »Danach will sie dann herkommen. Wir sollen ruhig schon mal mit dem Backen anfangen.«
»Hm«, macht Conni. Ihre Miene ist genauso ratlos wie die

Gesichter ihrer Freundinnen. »Das klingt ein bisschen merkwürdig, findet ihr nicht? Ich muss zu Hause auch manchmal das Bad putzen, aber doch nicht, wenn ich fest mit euch verabredet bin.«
»Vielleicht geht's Frau Dosso heute wieder nicht so gut«, überlegt Billi.
»Ja, kann sein.« Anna nimmt ihre Brille ab und legt sie auf den Schreibtisch. »Hauptsache, Dina kommt wirklich noch. Sonst können wir unsere Überraschungsparty glatt vergessen. Schließlich machen wir das Ganze eigentlich nur wegen ihr.«
Conni wirft einen Blick auf die ausgeliehenen Babyratgeber und DVDs, die sich in Annas Bücherregal stapeln.
»Wer ist dafür, dass wir jetzt Muffins backen?«, fragt sie in die Runde.
Anna und Billi wechseln einen Blick, dann heben beide ihre Hände.
»Ich bin auch dafür«, lächelt Conni. »Rumsitzen ist doof. Und außerdem hab ich Hunger.«

Fünf Minuten später wirbeln die drei durch die Küche.
Nicki ist wieder ins Haus gekommen. Er sitzt in seinem Körbchen und versucht, die Schlappohren zu spitzen, damit ihm ja nichts entgeht.
Annas Mutter hat es sich im Wohnzimmer gemütlich gemacht und blättert in einer Modezeitschrift.
»Sagt Bescheid, wenn etwas fehlt!«, ruft sie.
»Danke! Wir haben alles, was wir brauchen!«, ruft Anna zurück. Sie klatscht sich mit Billi und Conni ab.
Billi schaltet das Küchenradio ein und singt ziemlich laut und

falsch mit. Conni steckt den Mixer zusammen. Anna holt eine große Rührschüssel aus einem Schrank und stellt sie auf die Arbeitsfläche.
Weil sie sich für eine Fertig-Backmischung entschieden haben, ist der Teig in Nullkommanichts fertig. Sie müssen nur noch weiche Butter, ein paar Eier und etwas Milch dazugeben, das Ganze miteinander verrühren und den Teig gleichmäßig in die Mulden der Backform füllen.
»Ab in den Ofen damit!«, sagt Conni. Sie zieht den Stecker und schleckt die Rührbesen ab, während Anna und Billi sich über die Teigschüssel hermachen.
»Der Schokoteig ist echt lecker«, stellt Billi fest.
Anna wirft einen Blick durch die Backofentür.
»Die brauchen nicht lange«, sagt sie. »Höchstens zwanzig Minuten. Wollen wir solange hier warten? Wir können ja irgendwas spielen.«
»Ich sehe was, was ihr nicht seht«, schlägt Billi vor und hockt sich an den Küchentisch.
»Och, nö«, brummt Anna. Sie stellt die Rührschüssel in die Geschirrspülmaschine und räumt die Arbeitsplatte auf.
»Ich sehe wirklich etwas, was ihr nicht seht!« Conni steht am Fenster und zeigt hinaus. »Dina kommt!«
»Echt? Wie cool!« Billi grinst. »Dann kann sie uns ja doch noch bei der Glasur helfen.«
Dina kommt zu Fuß von der Bushaltestelle an der Ecke. Sie hat sich einen Rucksack über die Schulter gehängt und trägt eine Schlafsackrolle unter dem Arm.
Conni klopft an das Küchenfenster und winkt ihr zu, aber Dina sieht sie nicht.

Anna läuft schnell zur Haustür, um sie hereinzulassen. Nicki hüpft aus seinem Körbchen und folgt ihr schwanzwedelnd.
»Puh, was für ein Stress!«, hört Conni Dinas Stimme. »Ich dachte schon, es wird nichts mehr.«
»Da bist du ja endlich!«, begrüßt Billi Dina, als die in die Küche kommt und sich auf die Eckbank plumpsen lässt.
Sie sieht ganz zerzaust aus. Wie ein kleiner Vogel, der in einen Sturm geraten ist, bemerkt Conni. Sie sagt nichts, sondern lächelt nur.
Anna fängt schon an, die Zutaten auf dem Tisch aufzureihen, die sie für die Glasur brauchen.
»Puderzucker für den Zuckerguss, Wasser, eine Schüssel, ein Löffel zum Umrühren und das Wichtigste: die Lebensmittelfarben«, zählt sie auf.
»Rosa und Hellblau?« Dina schiebt die Augenbrauen zusammen.
»Ist doch hübsch!«, flötet Anna. »Die Farben heißen *Pastel Rainbow Dust.* Das sind ganz neue Trendfarben!«
»Trendfarben?«, echot Dina. »Für Muffins? Habt ihr denn keine normale Schokoglasur?«
»Doch, klar.« Anna wirft Conni und Billi einen Hilfe suchenden Blick zu. Die beiden müssen sich sehr beherrschen, um nicht loszuprusten. Annas Plan mit den zarten Babyfarben scheint nicht ganz aufzugehen.
»Ich glaub, die Muffins sind fertig«, wechselt Conni geschickt das Thema. Sie nimmt einen Topflappenhandschuh vom Haken und öffnet die Ofentür.
»Hmm, lecker!« Billi schnuppert wie ein Kaninchen.
Dina sagt gar nichts. Sie sitzt am Tisch, die Stirn in viele kleine

Falten gelegt, und macht ein Gesicht wie sieben Tage Regenwetter.
»Hast du schlechte Laune?«, fragt Billi.
»Nein«, knurrt Dina.
Dann, nach einer ganzen Weile: »Doch.«
Sie stützt einen Ellbogen auf den Tisch, legt das Kinn in die Handfläche und seufzt. »Im Moment ist irgendwie alles so kompliziert!«
Conni zieht das Muffinblech aus dem Backofen und stellt es auf den Herd. »Die Dinger müssen erst mal abkühlen, bevor wir sie glasieren können.«
Anna holt eine Flasche Orangensaft und vier Gläser aus dem Schrank und stellt alles auf den Küchentisch. Billi rückt ein bisschen näher an Dina heran und macht für Conni Platz.
Anna schenkt den Saft ein und setzt sich auf einen Stuhl.
»Auf unsere Party!«, sagt sie und hebt ihr Glas.
Die anderen stoßen mit ihr an.
»Dann schieß mal los«, fordert Conni Dina auf.
»Vielleicht hilft es dir ja, wenn du darüber redest«, schließt Billi sich an.
Dina trinkt einen Schluck Saft und schluckt vernehmlich.
»Ihr könnt euch ja gar nicht vorstellen, was bei mir zu Hause los ist«, presst sie hervor. Sie macht ein unglückliches Gesicht.
»Stimmt. Wenn du uns nie was erzählst, können wir natürlich nicht wissen, was bei euch los ist«, bemerkt Anna. Es klingt ein bisschen spitz und vorwurfsvoll. Conni gibt ihr unter dem Tisch einen Stoß.
»Was denn?«, beschwert Anna sich. »Ist doch wahr, oder?«

»Ja, schon. Man kann es aber auch etwas freundlicher ausdrücken«, meint Conni.
Dina zuckt mit den Schultern.
»Ihr habt ja Recht«, murmelt sie. »Im Moment mag ich gar nicht darüber reden. Tut mir leid.«
»Geht es deiner Mutter denn immer noch so schlecht?«, fragt Conni behutsam.
Zu ihrer Erleichterung schüttelt Dina den Kopf.
»Nein, eigentlich nicht«, antwortet sie. »Aber sie ist immer so schrecklich müde. Am liebsten würde sie den ganzen Tag schlafen. Tut sie auch, wenn sie daheim ist.«
»Dann musst du ihr wahrscheinlich ziemlich viel helfen, was?« Billi stupst Dina mit dem Ellbogen an.
»Ja, allerdings. Einkaufen, Wäsche waschen, das Bad putzen …«, zählt Dina auf. »Um alles muss ich mich kümmern. Ich hab überhaupt keine Zeit mehr, um mal in Ruhe zu zeichnen. Und den letzten Vokabeltest hab ich garantiert auch verhauen, weil ich nicht zum Lernen gekommen bin. Alles dreht sich nur noch um das blöde Baby!«
»Aber das wird doch bestimmt besser, wenn es erst mal da ist.« Conni gibt sich Mühe, ihrer Stimme einen optimistischen Klang zu geben.
»Hast du eine Ahnung«, grummelt Dina. »Dann geht der Stress doch erst richtig los! Bestimmt muss ich mich dann nicht nur um die Hausarbeit, sondern auch noch um meinen Bruder oder meine Schwester kümmern. Fläschchen geben, Windeln wechseln, den Kinderwagen schieben. Alles, was man so machen muss. Hoffentlich werden es keine Zwillinge. Das würde mir gerade noch fehlen!«

Conni und Billi prusten los.
Anna gießt noch etwas Orangensaft in die Gläser.
»Will deine Mutter denn gleich wieder arbeiten?«
»Am liebsten ja.« Dina nippt an ihrem Glas. »Ich frag mich, warum sie überhaupt ein zweites Kind kriegt, wenn sie es dann doch bei einer Tagesmutter abliefern will. Mein Vater ist auch die meiste Zeit unterwegs.«
»Freut er sich denn?«, will Billi wissen.
»Und wie!«, antwortet Dina. »Der ist total aus dem Häuschen. Ständig schleppt er irgendwelchen neuen Babykram an. Ich glaub nicht, dass der auch so einen Wirbel gemacht hat, als ich geboren wurde.«
»Bestimmt hat er das«, sagt Conni überzeugt.
»Kann es sein, dass du ein bisschen eifersüchtig bist?« Anna ist aufgestanden. Sie prüft, ob die Muffins schon abgekühlt sind, und nickt zufrieden. »Vielleicht bist du ja nur so sauer, weil du bald kein Einzelkind mehr bist. Ich hab mal ein Buch gelesen, da war das genauso.«
Dina wirft ihr einen grimmigen Blick zu. »Du bist doch selbst ein Einzelkind!«
»Ich weiß«, bestätigt Anna lächelnd. »Aber im Gegensatz zu dir würde ich mich über ein Geschwisterchen sehr freuen.«
»Du kannst es geschenkt haben, wenn es da ist«, erwidert Dina ernst.
»Jetzt übertreibst du aber echt!«
Conni glaubt, nicht richtig zu hören. Dina ist wirklich kaum wiederzuerkennen.
»Tu ich gar nicht!«, widerspricht Dina sofort und fügt leise hinzu: »Ich will doch nur, dass alles wieder so ist wie früher.

Vielleicht müssen wir sogar umziehen. Ihr wisst ja, wie klein unsere Wohnung ist.«
Conni, Anna und Billi wechseln einen betretenen Blick.
Niemand sagt etwas. Aus dem Radio kommt leise Musik. Irgendein alter Schlager.
»Weißt du«, sagt Conni schließlich, »eigentlich findet diese Muffinparty nur wegen dir und dem Baby statt. Wir wollten so richtig feiern und uns mit dir freuen.«
»Die Mühe hättet ihr euch sparen können. Es gibt nichts zu freuen und auch nichts zu feiern«, wendet Dina ein. »Für mich jedenfalls nicht.«
»Nun hör aber mal auf!«, schimpft Anna plötzlich los.
Ihre Stimme klingt wie die von Frau Lindmann, ihrer alten Klassenlehrerin, stellt Conni fest. Wenn die sich über irgendetwas aufgeregt hat, wurde sie auch immer so laut und energisch.
Dina zuckt zusammen.
»Du benimmst dich echt ganz schön albern«, poltert Anna weiter.
Niemand widerspricht ihr.
Dina scheint auf ihrem Platz zu schrumpfen.
Conni bekommt Mitleid mit ihr. Trotzdem gibt sie Anna Recht.
»Wir wollen dir wirklich gerne helfen«, sagt sie. »Wir helfen dir jetzt, und wenn dein Geschwisterchen erst mal da ist, helfen wir dir erst recht. Du musst uns nur lassen.«
»Wobei wollt ihr mir denn helfen?«, fragt Dina. Sie zupft nervös an ihrer kleinen Häkeltasche herum, die neben ihr liegt und die sie überallhin mitschleppt. Conni weiß, dass ein Skizzenbuch und Zeichenstifte darin sind.
»Zum Beispiel bei der Hausarbeit«, sagt sie lächelnd.

»Und bei der Babybetreuung natürlich auch«, fügt Anna hinzu. »Wir haben schon jede Menge Fachbücher besorgt.«
»Und Windeln«, grinst Billi. »Zum Üben!«
»Ich will aber nicht üben«, jammert Dina.
»Doch, du willst!«, widersprechen ihr die anderen.
»Zuerst helfen wir dir jetzt mal dabei, dass du dich auf das Baby freust.« Conni zeigt auf die Muffins und die pastelligen Lebensmittelfarben. »Wenn wir hiermit fertig sind, gucken wir uns ein paar coole DVDs an. Die gefallen dir garantiert.«
»Aber nur, wenn keine Babys mitspielen«, sagt Dina.
»Mann, Dina!«, stöhnen die anderen auf.
»Was denn?«
»Es ist doch der Sinn der Sache, dass da Babys mitspielen«, versucht Billi ihr zu erklären. »Damit du dich langsam daran gewöhnst.«
»Okay«, nickt Dina nach einer kurzen Bedenkzeit. »Angucken kann ich mir die Filme ja mal. Gegen euch hab ich doch sowieso keine Chance.«
Conni lacht. »Stimmt genau!«

Wider Erwarten wird der Nachmittag doch noch richtig lustig. Dina besteht zwar darauf, ihre Muffins ausschließlich mit Schokoguss zu glasieren, aber Conni, Billi und Anna stürzen sich mutig auf die Pastellfarben. Die Ergebnisse können sich sehenlassen, findet Conni.

Sie nehmen die kleinen Kuchen mit hinauf in Annas Zimmer, breiten ihre Schlafsäcke auf dem Fußboden aus, werfen ein paar Kuschelkissen darauf und machen es sich gemütlich.

Anna legt eine Musik-CD auf.

Billi schnappt sich eins der Babybücher von dem Stapel im Regal. Conni und Dina probieren die Muffins.

»Total lecker«, sagt Dina und leckt sich die Lippen.

»Oberlecker«, bestätigt Conni. »Besonders dieses Rosa!«

»Hey, cool! Wusstet ihr schon, dass es einen Babysitter-Führerschein gibt?«, fragt Billi. Sie tippt auf eine Stelle in dem Buch. »Hier steht's!«

»Was? Dass man einen Führerschein machen muss, um einen Kinderwagen zu schieben?«, fragt Conni belustigt.

»Vielleicht gibt es ja neuerdings Vorfahrtsregeln«, kichert Anna. »Falls sich zwei Kinderwagen an einer Kreuzung begegnen, muss man schließlich wissen, wer zuerst fahren darf.«

»Nee, Quatsch«, lacht Billi. »Es geht darum, dass man als zukünftiger Babysitter einen Kurs besuchen und da alles Mögliche lernen kann. Zum Beispiel wie man kleine Kinder beschäftigt, richtig mit ihnen umgeht, ihnen Mahlzeiten zubereitet, sie wickelt und badet. Lauter solche Sachen, die man als Babysitter macht.«

»Und dann bekommt man einen Führerschein?«, fragt Conni interessiert.

»Ja«, bestätigt Billi. »Zum Abschluss bekommt man ein Zertifikat, dass man sich mit Säuglingspflege, der Entwicklung eines Kindes, den Rechten und Pflichten eines Babysitters, dem richtigen Verhalten in Notfällen und mit Spielpädagogik auskennt.«

»Was ist ein Zertifikat?«, fragt Dina.

»Eine Urkunde, glaub ich«, sagt Conni. »Eine Art Zeugnis.«

»Klingt cool«, meint Anna. »Aber das ist doch bestimmt ziemlich teuer, oder?«

»Von den Kosten steht hier leider nichts.« Billi blättert in dem Buch. »Nur, dass manche Familienbildungsstätten und Volkshochschulen solche Kurse anbieten.«

»Spielpädagogik?« Dina hebt eine Augenbraue. »Was soll das denn sein?«

Die anderen zucken mit den Schultern.

»Keine Ahnung«, gibt Conni zu. »Vielleicht, dass man lernt, wie man ein Kind sinnvoll beschäftigt.«

Dina nimmt sich noch einen Muffin und beißt hinein.

»So ein Stuss«, mümmelt sie. »Babys liegen doch nur rum. Die können doch noch gar nicht spielen.«

»Na ja, aber sie werden irgendwann auch mal älter«, wendet Billi

ein, »und dann freuen sie sich bestimmt, wenn ihr Babysitter ein paar witzige Spiele auf Lager hat.«
»Ihr wollt echt Babysitter werden?«, hakt Dina nach. »Wozu?«
»Weil wir dir helfen wollen«, antwortet Conni.
»Weil wir deine Freundinnen sind«, sagt Anna.
»Weil wir dich nicht im Stich lassen«, fügt Billi hinzu.
»Und weil wir Babys ziemlich toll finden«, grinst Conni.
Dina macht große Augen. »Aber dafür müsst ihr doch nicht extra einen Kurs besuchen! Das könnt ihr doch auch alles ohne diesen Führerschein.«
»Stimmt«, nickt Conni. »Aber so ein Kurs macht bestimmt Spaß. Wollen wir nächste Woche nicht mal alle zusammen ins Familienzentrum gehen und fragen, ob es hier bei uns auch so etwas gibt? Falls ja, melden wir uns an. Wer ist dafür?«
Conni hebt ihre Hand.
Billi auch.
Anna zögert.
»Aber nur, wenn es nicht zu teuer ist«, sagt sie schließlich.
»Klar«, sagt Conni. Sie guckt Dina an. »Was ist mit dir? Machst du auch mit?«
»Ich weiß doch jetzt schon nicht mehr, wo mir der Kopf steht«, jammert Dina. »Wann soll ich das denn noch machen?«
Conni gibt ihr einen aufmunternden Stups.
»Wenn es deiner Mutter erst mal besser geht, entspannt sich die Lage bestimmt und du hast auch wieder mehr Zeit. Wir richten uns ganz nach dir.«
»Es sei denn, wir müssen uns beeilen«, mischt Anna sich ein. »Wann soll das Baby denn eigentlich kommen?«
Dina nennt den Termin. »So steht es jedenfalls im Mutterpass«,

schränkt sie ein. »Aber ob das Baby sich daran hält? Ich bin auch ein paar Tage vor dem errechneten Geburtstermin zur Welt gekommen, hat meine Mama erzählt.«
»Mutterpass? Will deine Mutter verreisen? Oder wozu braucht sie einen Pass?« Billi zieht die Nase kraus.
»Ein Mutterpass ist ein kleines Buch, in das alles eingetragen wird, was für die Schwangerschaft wichtig ist«, erklärt Conni ihr.
Dina nickt.
»Meine Mutter hat ihn mir gestern gezeigt. Da steht ihre Blutgruppe drin und was für Krankheiten sie schon hatte. Dann noch alle möglichen Untersuchungsergebnisse, wie das Baby in ihrem Bauch liegt, wie groß es schon ist, ob alles normal verläuft und so.«
»Und der Geburtstermin.« Anna lächelt zufrieden. »Falls sich dein Geschwisterchen einigermaßen daran hält, sollten wir bis dahin den Führerschein locker in der Tasche haben. Also abgemacht: Wir erkundigen uns demnächst nach so einem Kurs. Und jetzt schauen wir uns endlich mal eine von den DVDs an, die wir besorgt haben. Fachfilme gehören schließlich auch dazu, wenn man ein verantwortungsbewusster Babysitter sein will.«
»Vielleicht können wir ja irgendwann unseren eigenen Film drehen«, meint Billi.
»Au ja, ich hab schon den perfekten Titel«, sagt Conni.
»Welchen denn?«, fragt Billi.
»Vier Freundinnen und ein Baby!«
Alle lachen. Sogar Dina.

***

Am Abend serviert Annas Mutter Gemüsepizza und Salat. Danach krabbeln die Freundinnen in ihre Schlafsäcke und unterhalten sich. Über Jungs, die Schule, Lehrer, Babys, kleine und große Geschwister … und darüber, wie aufregend das Leben hin und wieder ist.
Dina liegt auf dem Bauch und kritzelt im Schein einer Taschenlampe in ihrem Skizzenbuch. Conni kann leider nicht erkennen, was sie zeichnet.
»Wisst ihr eigentlich schon, was es wird?«, fragt Anna. »Ein Junge oder ein Mädchen? Das können die Ärzte doch bei einer Untersuchung feststellen, oder?«
»Du meinst beim Ultraschall? Klar, das geht heutzutage«, meint Conni.
»Meine Mutter hat schon ein Ultraschallbild von dem Baby, aber darauf kann man kaum etwas erkennen. Macht nichts. Sie will sich sowieso lieber überraschen lassen.« Dina klappt ihr Zeichenbuch zu und legt es beiseite.
»Finde ich gut«, sagt Billi.
»Ich auch«, nickt Conni. »Ich liebe Überraschungen! Allerdings müsst ihr euch dann ja gleich zwei Namen aussuchen.«
»Stimmt«, meint Dina. »Aber damit wollen meine Eltern sich noch Zeit lassen.«
»Wir können ja ein paar Vorschläge sammeln«, schlägt Conni vor. Sie dreht sich auf die Seite und wühlt umständlich in ihrem Rucksack, bis sie ihren Notizblock gefunden hat.
Sie zieht ihn heraus. »Leihst du mir mal deinen Stift?«
Dina reicht ihn ihr. »Was hast du vor?«
Conni grinst, während sie eine Tabelle zeichnet.
»Wir stellen eine Liste auf! Die linke Spalte ist für Jungsnamen,

die rechte für Mädchen. Irgendwelche Ideen? Dann her damit!«

»Au ja, super!«, strahlt Billi.

»Eigentlich ist es doch ungerecht, dass man sich seinen Namen nicht selbst aussuchen kann«, mischt Anna sich ein. »Zufällig mag ich meinen Namen. Anna kommt von Hannah und bedeutet Liebreiz, Anmut, Gnade. Das hab ich mal in einem Namenslexikon nachgeschlagen. Aber stellt euch vor, ihr hättet einen total unmöglichen Namen. Walburga oder so.«

»Hihi, stimmt«, kichert Billi.

»Ich mag meinen Namen auch«, sagt Conni. »Cornelia nicht so. Das klingt mir irgendwie zu erwachsen. Aber Conni ist okay.«

»Geht mir genauso«, gibt Billi zu, die eigentlich Sibilla heißt. »Unsere erwachsenen Namen können wir dann ja später benutzen, wenn wir uns daran gewöhnt haben. Bis dahin will ich lieber Billi genannt werden.«

»Passt auch besser zu dir«, grinst Conni.

»Ich bin mit meinem Namen eigentlich ganz zufrieden«, meint Dina.

»Dina bedeutet die Richterin oder die Gerechte«, weiß Anna. »Das stand auch in dem Lexikon.«

»Wow!« Billi gibt Dina einen Stups.

Dina wird ein bisschen rot.

Sie verbringen die halbe Nacht damit, die Spalten zu füllen. Schon bald ist die erste Seite voll. Conni blättert um und zeichnet eine zweite Tabelle.

Anna gähnt. »Am besten sortieren wir sie alphabetisch, wenn wir fertig sind«, meint sie. »Wegen der besseren Übersicht.«

Die anderen sind einverstanden.
»Z wie Zorro«, sagt Billi.
»Das ist doch kein richtiger Name!«, protestiert Dina.
»Doch, klar«, entgegnet Billi todernst.
Conni notiert ihn kichernd.
»Ich möchte aber nicht, dass mein Bruder Zorro heißt«, jammert Dina. »Zorro Dosso – wie hört sich das denn an!«
»Gut«, grinst Billi.
»Es ist doch nur ein Vorschlag«, sagt Conni.
»Adalbert«, säuselt Anna.
Dina vergräbt ihr Gesicht in den Händen und stöhnt auf.
»Das wird ja immer schlimmer!«
»Wie wär's mit Jolanthe, falls es ein Mädchen wird?« Conni knabbert an dem Stift.
»Mir gefällt Kunigunde besser«, prustet Anna.
»Berta ist auch schön«, sagt Billi.
»Hört auf!«, fleht Dina.
Irgendwann schläft Billi ein. Wenig später fängt Anna an zu schnarchen. Conni legt den Notizblock beiseite und gibt Dina den Stift zurück. Anschließend schüttelt sie ihr Kopfkissen zurecht und kuschelt sich in ihren Schlafsack. Dina knipst die Taschenlampe aus.
»Weißt du, was?«, raunt sie Conni in der Dunkelheit zu.
»Nee. Was denn?«, wispert Conni zurück.
Dina zögert.
»Ich glaub, so langsam fang ich an, mich ein bisschen auf das Baby zu freuen«, murmelt sie dann.
Conni kann nicht anders und grinst.
»Das finde ich schön«, flüstert sie.

»Ich auch«, kommt es leise von Dina zurück. »Gute Nacht.«
»Gute Nacht«, sagt Conni und zieht sich den Schlafsack bis an die Nasenspitze.

***

Am nächsten Morgen kratzt es an der Zimmertür. Zuerst leise und vorsichtig; dann, als niemand reagiert, energischer.
Billi zieht sich im Halbschlaf ein Kissen über den Kopf.
Dina grunzt leise.
Aus Annas Schlafsack kommt ein Aufstöhnen. »Oh, nein. Platz, Nicki! Heute ist Sonnabend. Wir dürfen ausschlafen.«
Conni wischt sich eine Haarsträhne aus dem Gesicht und öffnet blinzelnd die Augen. Im Zimmer ist es hell. Die Sonne scheint und die Vögel zwitschern. Wie spät es wohl ist?
Sie angelt nach ihrem Handy und wirft einen Blick auf das Display, um die Uhrzeit zu checken. Es ist gerade mal halb acht. Für einen Samstagmorgen wirklich noch ziemlich früh.
Sie gähnt und klickt ihren Posteingang an.
Phillip hat ihr eine SMS geschickt. Wie süß.

Hi!
Hast Du heute schon was vor?
Wollen wir uns nachher am See treffen?
LG P.

Conni lächelt. Mit dem See kann Phillip nur den Waldsee meinen, ein romantisches Fleckchen außerhalb der Stadt. Bei schönem Wetter und am Wochenende ist es dort meistens ziemlich voll. Trotzdem haben sie und Phillip es bisher immer geschafft,

eine kleine versteckte Bucht zu entdecken, die sie ganz für sich alleine hatten.
Sie will gerade antworten, dass sie noch bis zum Nachmittag bei Anna ist, aber danach jede Menge Zeit hat, als eine zweite Kurznachricht eintrudelt.

Bring ruhig Deine Kleeblätter mit.
Die Jungs kommen auch. ☺
Ciao!
P.

Bei den Jungs handelt es sich garantiert um Paul, Mark und Tim, was bedeutet, dass zuerst lang und breit über Fußball diskutiert und anschließend selbst gespielt wird.
Na toll, denkt Conni und unterdrückt ein Seufzen. Das war's dann wohl mit dem romantischen Nachmittag zu zweit.
Sie simst zurück:

Die Kleeblätter schlafen noch.
Ich melde mich später noch mal.
Bis dann!
C.

Als keine Antwort mehr kommt, legt sie ihr Handy zurück und kuschelt sich wieder in ihren Schlafsack. Um wieder einzuschlafen, ist sie viel zu wach. Ob sie aufstehen und Nicki in den Garten lassen soll? Er hat aufgehört, an der Tür zu kratzen. Gut möglich, dass Annas Mutter schon mit ihm Gassi gegangen ist.

Conni beschließt, trotzdem aufzustehen. Sie muss dringend ins Bad. Vielleicht kann sie sich auch schon um das Frühstück kümmern. Es sind zwar noch Muffins übrig, aber ihr ist mehr nach etwas nicht ganz so Süßem und Klebrigem. Ein Käsebrötchen wäre genau richtig.
Ganz leise, um die anderen nicht zu wecken, zieht sie den Reißverschluss an ihrem Schlafsack auf und schält sich anschließend im Zeitlupentempo heraus.
Neben ihr schlägt Dina die Augen auf.
»Guten Morgen«, flüstert Conni.
»Morgen«, wispert Dina zurück und streckt sich.
»Ihr braucht gar nicht so zu flüstern«, kommt es aus Billis Richtung.
»Nö. Wegen mir auch nicht«, meldet sich Anna zu Wort. Ihre Stimme klingt noch ganz verschlafen.
»Sorry … Ich wollte euch echt nicht wecken«, sagt Conni. »Ich muss nur mal ganz dringend aufs Klo.«
»Beeil dich!«, grinst Anna. »Ich muss auch mal.«
»Ich auch!«, piepst Billi. Über dem Rand des Schlafsacks taucht ihr strubbeliger Haarschopf auf.
»Soll ich euch vielleicht ein Töpfchen mitbringen?«, fragt Conni kichernd.
»Nee, danke«, meint Anna. »Ganz so dringend ist es bei mir nicht.«
»Außerdem haben wir ja noch ein Paket Windeln.« Billi kichert. »Für den Notfall.«
»Ihr habt echt Windeln?«, fragt Dina.
»Nur als Übungsmaterial«, erklärt Conni. Sie ist schon an der Tür und schlüpft hinaus. »Bis gleich!«

Eine halbe Stunde später sitzen sie in der Küche und reißen sich um die frischen Brötchen, die Annas Mutter in einen Korb geschüttet hat. Sie war tatsächlich schon mit Nicki draußen und hat einen Abstecher zur Bäckerei gemacht.
Auf dem Tisch steht Kakao. Außerdem Schokocreme, Marmelade, Margarine und ein Teller mit verschiedenen Käsesorten.
»Mann, haben wir's gut!«, sagt Billi und reibt sich den Bauch.
»Möchte jemand das Mohnbrötchen?«, fragt Dina.
»Nö, ich nehm lieber Sesam«, erwidert Conni.
Anna gießt Kakao in bunte Becher. Ihr Handy liegt neben ihrem Platz. Als es plötzlich düdelt, zuckt sie zusammen. »Hab ich mich jetzt erschrocken!«
Die anderen lachen.
Anna wirft einen Blick auf das Display und meldet sich mit flötender Stimme. »Guten Morgen!«
»Wetten, dass Mark dran ist?«, raunt Billi Conni und Dina zu.
»Wer sonst«, grient Conni.
Es ist tatsächlich Mark. Anna richtet Grüße von ihm aus, nachdem sie das Gespräch beendet hat. »Er will mit den Jungs gleich an den Waldsee und fragt, ob wir nicht Lust haben, später nachzukommen.«
»Phillip hat mir auch schon eine SMS geschickt«, erzählt Conni. »Ich hab geantwortet, dass ich euch frag und ihm dann Bescheid gebe. Ich hätte schon Lust. Und ihr?«
»Logo!« Anna nickt sofort.
»Ich eher nicht«, erwidert Billi zögernd. »Ich bin heute noch mit ein paar Leuten von der Tierschutzgruppe verabredet. Tut mir echt leid. Es geht um eine Plakataktion, für die wir Bilder malen wollen.«

»Klar, das versteh ich«, sagt Conni.
»Ich kann leider auch nicht.« Dina schüttelt den Kopf. »Ich hab versprochen, dass ich um zwölf zu Hause bin. Wir wollen zu meinen Großeltern.«
»Dann bleiben also nur Anna und ich übrig.« Conni beißt in ihr Brötchen. »Macht nichts. Ein halbes Kleeblatt ist besser als gar keins.«
»Stimmt«, kichert Anna. Sie wendet sich an Dina. »Was sagt Daniel eigentlich zu deinem Familienzuwachs? Weiß er's schon?«
»Ja.« Dinas Wangen werden zartrosa. »Er findet es richtig klasse. Er hat selbst zwei jüngere Geschwister.«
»Ein Fachmann, wie süß!«, meint Conni und hebt ihren Kakaobecher. »Dann kann er ja Ehrenmitglied in unserem Babysitterclub werden!«
»Babysitterclub?«, fragt Billi.
»Das hab ich mir gerade ausgedacht«, gesteht Conni lächelnd. »Aber es gefällt mir. Wir machen zusammen den Babysitter-Führerschein und gründen einen Club, um Dina mit dem Baby zu helfen. Was haltet ihr davon?«
»Eine ganze Menge!« Billi nimmt ihren Becher ebenfalls in die Hand.
»Super Idee«, findet Anna und folgt ihrem Beispiel.
Dinas Wangen haben mittlerweile den Farbton der rosafarbenen Muffin-Glasur angenommen.
»Ihr seid die allerbesten Freundinnen der Welt«, sagt sie ein bisschen verlegen. »Wenn ich euch nicht hätte, wüsste ich echt nicht, was ich machen sollte.«
»Zum Glück hast du uns aber«, erwidert Conni.
»Auf das Kleeblatt!«, ruft Billi.

»Auf unseren Babysitterclub!«, fügt Anna hinzu.
Die vier Kakaobecher stoßen zusammen.
»Gibt's hier was zu feiern?« Annas Mutter lugt um die Ecke und macht ein neugieriges Gesicht.
»Noch nicht«, antwortet Anna.
»Aber bald«, grinst Billi.
»Spätestens, wenn das Baby da ist«, ergänzt Conni mit einem breiten Grinsen.

Nachdem sie Annas Zimmer aufgeräumt und ihre Siebensachen zusammengepackt haben, verabschieden sich Dina und Billi. Die beiden wollen den nächsten Bus noch erwischen. Conni und Anna begleiten sie hinaus und winken. Als sie nicht mehr zu sehen sind, zieht Conni ihr Handy aus der Tasche und ruft zu Hause an.

»Kann ich gleich mit Anna an den Waldsee?«, fragt sie, als Mama sich meldet. »Ich bin auch pünktlich zum Abendbrot wieder da. Versprochen.«

Ihre Mutter hat nichts gegen einen Ausflug an den See.

»Viel Spaß!«, wünscht sie.

»Danke«, antwortet Conni. »Den haben wir bestimmt.«

Anna wirft einen Tennisball in den Garten. Nicki springt schwanzwedelnd hinterher und schnappt sich die Filzkugel aus der Luft. Anna lobt ihn überschwänglich.

Conni steckt ihr Handy wieder weg und guckt eine Weile zu, wie Anna den Ball wirft und Nicki ihn immer wieder zurückbringt, ohne müde zu werden.

»Wir fahren aber mit den Rädern, oder?«, fragt sie Anna schließlich. Die nickt.

»Klar. Ich muss nur noch schnell den Vorderreifen aufpumpen.

Ich bin neulich über einen Stein gefahren. Seitdem verliert der irgendwie Luft.« Sie wirft den Tennisball ein letztes Mal und wischt sich anschließend die Hände an ihrer Jeans ab. »Lass uns mal nachschauen, wo die Luftpumpe ist.«
»Ich hab eine an meinem Fahrrad.«
»Umso besser!«
Der vordere Reifen an Annas Rad hat zwar etwas wenig Luft, aber er ist nicht ganz platt. Conni zieht ihre Luftpumpe aus der Halterung und reicht sie Anna. Vorsichtshalber bekommt auch der hintere Reifen noch ein bisschen mehr Druck.
»Perfekt«, sagt Anna und gibt Conni die Pumpe zurück. »Von mir aus kann's losgehen!«

Kurz darauf rollen sie über den Radweg raus aus der Stadt. Conni hat den Schulrucksack und ihre Schlafsachen dabei. Sie will später vom Waldsee aus direkt nach Hause fahren.
Anna transportiert einen kleinen Picknickkorb auf ihrem Gepäckträger.
»Wie gut, dass noch Muffins und Brötchen übrig waren«, sagt sie. »Das wird ein cooles Picknick!«
»Hauptsache, die Jungs futtern uns nicht alles weg«, meint Conni schmunzelnd.
»Dann gibt's was auf die Pfoten!« Anna blinzelt über den Rand ihrer Brille hinweg. Der Himmel ist leicht bewölkt und es ist windig. »Hoffentlich hält das Wetter.«
»Bestimmt«, sagt Conni optimistisch.
Am See schieben sie die Räder in einen Ständer und schließen sie ab.
Conni entdeckt Phillips silbernes Rennrad. Pauls zerschrammtes

Mountainbike steht genau daneben. Die Jungs sind also schon da. Fragt sich nur, wo.
»Und jetzt?«
»Mark hat gesagt, dass sie irgendwo in der Nähe der Imbissbude sind.« Anna zieht die Nase kraus. »Allerdings hat er nicht gesagt, ob von hier aus gesehen links oder rechts.«
»Na toll!«, stöhnt Conni auf. »Und ich muss meine Schulsachen und den ollen Schlafsack mitschleppen!«
»Ich ruf Mark mal an.« Anna stellt den Picknickkorb ab und zückt ihr Handy. Nach einem kurzen Wortwechsel weiß sie genau, wo die Jungs stecken. »Rechts am Ufer entlang und ein ganzes Stück geradeaus. Kurz hinter dem Bootshaus gibt es einen Trampelpfad bis ans Wasser. Da sind sie.«
»Ha, das ist ja ein Klacks!« Conni schultert den Rucksack, klemmt sich die dicke Schlafsackrolle unter den Arm und stapft los. »Ich weiß, wo das ist. Phillip hat mir da mal Surfunterricht gegeben.«
Anna stolpert hinter ihr her.
Tatsächlich haben sie den Trampelpfad schnell erreicht. Die Jungs sind schon von weitem zu hören. Conni muss grinsen, als sie Phillips Stimme erkennt.
»Hört sich an, als ob sie Fußball spielen.«
»Was denn sonst?« Anna verdreht die Augen.
Am Ende des Pfads liegt eine halbmondförmige, von hohem Schilf gesäumte Bucht. Phillip, Mark, Paul und Tim stehen bis zu den Knien im flachen Wasser und werfen sich einen Ball zu. Die Beine ihrer Jeans haben sie hochgekrempelt.
»Hi!«, ruft Conni ihnen zu.
Phillip, der gerade einen Wurf von Paul ins Visier genommen

hat, um ihn abzuschmettern, schaut zur Seite und hebt die Hand, um zu winken. Er achtet nicht mehr auf den Ball, der ihn plötzlich an der Schulter trifft und aus dem Gleichgewicht bringt. Phillip reißt die Augen auf, rudert mit beiden Armen und versucht noch, die Balance zu halten, aber er schafft es nicht. Wild um sich schlagend fällt er rückwärts in den See und versinkt in den Fluten.
Paul, Tim und Mark johlen, als er prustend, schimpfend und schnaufend wieder auftaucht und mit einem Büschel Algen nach ihnen wirft.
»Cooler Stunt«, bemerkt Anna trocken. »Freut er sich immer so, wenn er dich sieht?«
»Ja, meistens«, kichert Conni. »Hoffentlich hat er ein Handtuch dabei.«
Sie lassen ihre Sachen auf den sandigen Boden fallen und schauen zu, wie Phillip ans Ufer watet. Er schüttelt sich wie ein Hund. Anna applaudiert.
Conni kann gar nicht wieder aufhören zu lachen.
Phillip wirft den beiden einen finsteren Blick zu, aber dann grinst er auch.
»Hi, ihr zwei«, sagt er.
Conni macht einen Schritt zurück, als er sich noch einmal schüttelt und das kalte Seewasser aus seinen Locken in alle Richtungen spritzt. Natürlich bekommt sie trotzdem ein paar Tropfen ab.
»Selber hi!«, erwidert sie. »War das gerade dein Morgenbad?«
»Ja, so ungefähr. Hast du zufällig was zum Abtrocknen dabei?«
Conni kann den Blick nicht von seinen braunen Augen nehmen. An den Wimpern hängen winzig kleine Tröpfchen, die

silbern glitzern. Sogar jetzt schafft Phillip es nur mit einem kleinen Zwinkern, dass sie ganz vergisst, was sie eigentlich sagen wollte – obwohl er gerade wie ein begossener Pudel aussieht.
»Hallo? Erde an Conni? Handtuch?«, bringt er sich in Erinnerung.
»Äh, was? Ja, ich hab zufällig eins dabei!« Conni beugt sich über den Schlafsack und rollt ihn aus. Nicht nur ihr Lieblingsschlafanzug, auch ihr Übernachtungshandtuch kommt zum Vorschein. Es ist rot und weiß gestreift und nicht besonders groß. Sie reicht es Phillip.
Der nimmt es mit spitzen Fingern entgegen und betrachtet es von allen Seiten. Sein Grinsen wird noch breiter.
»Das ist ja niedlich. Ist das in der Wäsche eingelaufen oder soll das so?«
»Das gehört so, weil es ein Mädchenhandtuch ist«, mischt Paul sich ein. »Sei froh, dass es nicht rosa ist!«
»Zum Glück steh ich nicht auf Rosa«, sagt Conni in Pauls Richtung.
»Im Gegensatz zu dir!«, flachst Mark und gibt ihm einen Knuff.
Paul schubst zurück. Im Nu ringen die beiden miteinander.
Phillip achtet gar nicht auf sie. Er streift sein nasses T-Shirt über den Kopf und wirft es über einen Ast. Anschließend trocknet er sich notdürftig ab und hängt Connis Handtuch daneben.
»Was ist eigentlich in dem Korb?«, fragt er neugierig.
»Picknickkram«, lächelt Conni. »Muffins, Brötchen, Äpfel, Käse und Kakao.«
»Wow!«
»Wollen wir uns vielleicht mal hinsetzen?«, schlägt Anna vor.
Mark und Paul balgen sich immer noch.

Tim hockt sich auf einen umgestürzten Baumstamm, der quer im Gras liegt, und macht ein erwartungsvolles Gesicht.
»Wir haben sogar eine Picknickdecke.« Conni zieht den Reißverschluss auf und breitet den Schlafsack wie eine große Steppdecke aus.
Phillip guckt ein bisschen unglücklich. »Aber meine Jeans ist patschnass!«
»Macht nichts«, erwidert Conni locker. »Das trocknet doch wieder.«
»Wenn ihr euch benehmt, bekommt ihr vielleicht auch was ab!«, ruft Anna in Marks und Pauls Richtung. »Sonst habt ihr leider Pech gehabt, weil nämlich gleich alles weg ist!«
Phillip und Conni lassen sich nebeneinander auf den Schlafsack fallen, wobei Conni darauf achtet, Phillip ja nicht zu nahe zu kommen. Er ist wirklich tropfnass. Aber es scheint ihn nicht weiter zu stören. Er nimmt einen Apfel aus dem Korb und beißt krachend hinein.
»Wieso sind die Muffins rosa und hellblau?«, erkundigt sich Mark.
»Weil diese beiden Farben besonders viele Vitamine haben«, erklärt Conni grinsend.
»So ein Blödsinn!« Anna guckt sie streng an. »Wir haben sie gebacken, weil Dinas Mutter doch bald ein Baby bekommt und wir noch nicht wissen, was es wird. Die rosa Glasur steht für ein Mädchen und die hellblaue für einen Jungen.«
»Aha«, macht Mark. »Dann sind das also Babymuffins?«
»Genau«, bestätigt Anna. »Und keine Angst: Sie sind nicht vergiftet.«
Paul ist die Glasur der Muffins vollkommen egal. Er schiebt sich

an Mark vorbei und greift blind in die Kuchendose. »Hauptsache, lecker«, meint er und kaut zufrieden.
Die anderen prusten.
Conni erzählt Phillip von ihrem Plan, einen Kurs zu besuchen, um den Babysitter-Führerschein zu machen.
Er zieht die Stirn in Falten.
»Man braucht einen Führerschein, um Windeln zu wechseln? Echt wahr?«
»Nein, nicht unbedingt. Aber es macht bestimmt Spaß, das alles richtig zu lernen«, erwidert Conni. »Schließlich wollen wir nichts falsch machen, wenn das Baby erst mal da ist.«
»Find ich gut«, nickt Phillip.
Paul hat aufmerksam zugehört.
»Wenn ihr Hilfe braucht oder Fragen habt«, mümmelt er, während er sich schon den zweiten Muffin zwischen die Zähne schiebt, »wendet euch ruhig vertrauensvoll an mich. Ich kenn mich aus.«
»Womit?«, fragen Conni und Anna gleichzeitig. Sie gucken sich an und kichern.
»Mit Babys natürlich«, antwortet Paul, als wäre das die selbstverständlichste Sache der Welt.
»Du?«, fragt Anna mit hochgezogenen Brauen.
Paul leckt sich die Finger ab und nickt. »Als Marie noch ganz klein war, fühlte meine Mutter sich zuerst nicht so fit. Ich hab ihr damals ziemlich viel geholfen. Ich kann das.«
»Wirklich?«, staunt Conni.
Paul nickt noch einmal. »Ob ihr's glaubt oder nicht: Ich bin nicht nur ein super Fußballer, sondern auch der beste große Bruder und der perfekteste Babysitter der Welt!«

»Perfekter als perfekt gibt es nicht«, wendet Anna ein.
»Bei mir schon«, entgegnet Paul ungerührt.
»Denkt ihr vielleicht, dass Jungs so was nicht können?«, erkundigt sich Phillip.
»Nein, das nicht«, sagt Conni sofort. »Es kommt nur ein bisschen überraschend.«
Ausgerechnet Paul, denkt sie. Aber warum eigentlich nicht? Schließlich steht nirgendwo geschrieben, dass sich nur Mädchen um Babys kümmern dürfen. Mit seiner Schwester Marie geht Paul wirklich immer sehr liebevoll um.
»Dann melde dich doch auch für diesen Baby-Führerschein an«, frotzelt Mark und klatscht sich mit Tim ab.
»Du wirst lachen«, sagt Paul betont langsam. »Genau das hab ich vor!«
»Wie bitte?« Anna reißt die Augen auf.
»Jepp«, macht Paul. »Es kann nicht schaden, wenn ich meine Kenntnisse mal ein bisschen auffrische.«
»Ist nicht dein Ernst!«, entfährt es Mark.
»Doch«, sagt Paul. »Kann ich den letzten Muffin haben, bitte?«
»Klar, von mir aus.« Conni reicht ihm das Gebäckstück mit der himmelblauen Glasur. Anschließend nimmt sie ein Käsebrötchen aus dem Korb und teilt es in zwei Hälften. Phillip bekommt das Unterteil. Das mag er am liebsten. Sie selbst knabbert nachdenklich an der oberen Hälfte.
»Ich finde Pauls Idee ziemlich cool«, sagt sie schließlich, »und mutig auch. Ich glaub nicht, dass sich sehr viele Jungs in einen Babysitter-Kurs voller Mädchen trauen.«
»Nee, ich bestimmt nicht«, grinst Mark. »Das ist doch echt was für –«

Anna gibt ihm einen Klaps auf den Arm, bevor er seinen Satz beenden kann.
»Aua!«, protestiert er.
Anna schüttelt nur den Kopf.
Conni, Phillip und Tim schmunzeln.
Paul verdrückt ungerührt den letzten Muffin und rülpst hinterher leise.
»Das musst du dir als staatlich geprüfter Babysitter aber noch abgewöhnen«, meint Tim. »Du sollst doch ein Vorbild für die Kleinen sein!«
»Keine Sorge, ich bin das perfekteste Vorbild des Universums.« Paul lässt sich rückwärts ins Gras fallen und stöhnt auf. »Oh Mann, ich glaub, ich hab zu viel gegessen!«
»Ja, klar. Das perfekteste Vorbild des Universums«, wiederholt Conni augenzwinkernd.
Sie zückt ihr Handy, um ein paar Fotos zu machen. Von Anna und Mark. Von Paul im Muffin-Himmel. Von Tim auf dem Baumstamm. Vom See. Und von Phillip natürlich. Von ihm macht sie die meisten Fotos. Seine blonden Locken kringeln sich im Gegenlicht. Conni betrachtet die Aufnahmen mit einem Lächeln.
Plötzlich nimmt Phillip ihr das Handy aus der Hand und hält es mit ausgestrecktem Arm weit von sich, damit sie beide auf dem Bild sind.
»Was soll das denn werden?«, fragt Conni belustigt.
»Ein Doppel-Selfie, was sonst?«, erwidert er grinsend. »Sag mal Käsekuchen!«
»Käsekuchen«, sagt Conni.
»Und jetzt Rumkugel.«

»Rumkugel?«
»Rumkugel!«
Phillip drückt ein paarmal auf den Auslöser und gibt ihr das Handy dann zurück.
Oh Mann, denkt Conni. Bestimmt seh ich auf den Bildern wie eine Vogelscheuche aus.
Sie überprüft die Aufnahmen schnell auf dem Display. Bis auf eins, auf dem sie die Augen zukneift, sind sie eigentlich ganz gut geworden. Besonders Phillip hat sehr süß geguckt, als er Rumkugel gesagt hat.
Er steht auf und schaut nach, ob sein T-Shirt schon getrocknet ist. Genau wie seine Jeans ist es noch ziemlich klamm. Er pflückt es trotzdem von dem Ast und zieht es sich über den Kopf.

Sie bleiben den ganzen Nachmittag am See, unterhalten sich über Lehrer und Mitschüler, neue Filme und Musik. Sie erzählen sich gegenseitig Witze, denken sich Rätsel und eine Gruselgeschichte über ein blutrünstiges Monster aus, das seit Jahren im Waldsee lebt und harmlose Schwimmer auf den Grund zieht und dort verschlingt. Danach weigert sich Anna, auch nur mit den Füßen ins Wasser zu gehen.
Als die Sonne langsam tiefer sinkt und irgendwann von den hohen Tannen verdeckt wird, wird es spürbar kühler.
Conni holt ihr Sweatshirt aus dem Rucksack und zieht es schnell über.
»Wir sollten langsam zusammenpacken«, sagt sie. »Ich muss zum Abendbrot zu Hause sein.«
»Ich auch!« Anna springt auf und schnappt sich den Korb.
Mark hilft ihr, den Abfall einzusammeln.

Tim und Paul suchen ihre Sachen zusammen und schlüpfen in die Turnschuhe.
Conni und Phillip schütteln den Schlafsack aus und rollen ihn anschließend fest zusammen. Conni macht ein letztes Foto von Phillip, mit dem glitzernden See und den Bäumen im Hintergrund. Er grinst breit, ohne Käsekuchen oder Rumkugel zu sagen.
»Danke«, sagt Conni und steckt das Handy weg.
»Gerne.« Phillip hebt eine Hand und streift ihr eine Haarsträhne aus dem Gesicht. »War schön heute, nicht?«
»Ja, finde ich auch«, antwortet Conni. »Nur leider zu kurz. Wir sollten so was unbedingt viel öfter machen. Schade, dass die Schule immer so stressig ist.«
Bei dem Stichwort Schule stöhnt Paul schon wieder auf.
»Erinner mich doch nicht daran! Mein Magen hatte sich gerade so schön beruhigt!«
Alle lachen.
Tim klopft ihm mitfühlend auf die Schulter.
»Zum Glück ist morgen Sonntag. Wir haben noch einen ganzen Tag Schonfrist, bevor's Montag wieder losgeht.«
»Wow, ein ganzer Tag!« Paul schnaubt. »Ich hätte gerne für den Rest des Jahres Ferien, und zwar ab sofort! Kann man das nicht irgendwo beantragen?«
»Vergiss es«, winkt Phillip ab. »Oder glaubst du noch an Märchen?«
Sie folgen dem schmalen Trampelpfad, auf dem sie gekommen sind, und stapfen dann den Uferweg entlang.
An manchen Stellen stehen die Bäume hier so dicht, dass sie hintereinandergehen müssen.

Conni ist direkt hinter Phillip und betrachtet verträumt die Rückseite seines T-Shirts, auf dem ein surfender Panda abgebildet ist. Phillip hat ihre Schlafsackrolle auf die linke Schulter genommen und pfeift vergnügt vor sich hin. Ab und zu schüttelt er seine Locken, um eine nervende Mücke abzuschütteln. Oder er kichert über einen der Witze, die Paul weiter vorne macht.
»Weiß zufällig jemand von euch, wie lange Fische leben?«, fragt Paul gerade.
»Nö«, brummt Mark. »Du etwa?«
»Na logo«, antwortet Paul todernst. »Genau wie kurze. Im Wasser nämlich.«
»Haha!«, macht Mark.
Conni kichert und stolpert dabei über eine Baumwurzel.
Phillip dreht sich blitzschnell um und hält sie fest, bevor sie hinfallen kann. »Hoppla!«, sagt er.
»Ups«, macht Conni.

An den Fahrradständern halten sie an und sortieren ihr Gepäck. Conni trägt ihren Schulrucksack schon auf dem Rücken. Phillip hilft ihr dabei, den Schlafsack auf dem Gepäckträger festzuschnallen. Ihre Fingerspitzen berühren sich. Es fühlt sich an, als würde es zwischen ihnen knistern. Am liebsten würde Conni Phillips Hand nehmen, aber sie traut sich nicht. Nicht hier, vor den anderen.
Mark und Anna sind da viel lockerer. Die geben sich zum Abschied sogar einen Kuss. Und das, obwohl Paul und Tim feixend danebenstehen.
Conni und Phillip schauen sich an und lächeln.

»Wann meldet ihr euch eigentlich zu diesem Babysitter-Kurs an?«, unterbricht Paul den romantischen Augenblick.
»Nächste Woche«, sagt Conni zerstreut. Der Zauber ist verflogen. Schade.
Phillip bückt sich, um sein Rad aufzuschließen.
»Sagt ihr mir Bescheid?«, fragt Paul.
»Machen wir«, verspricht Conni.
Anna krempelt die Hosenbeine hoch und setzt anschließend ihren Helm auf. Dann radeln sie endlich los.

Conni und Paul haben den gleichen Heimweg. Phillip begleitet sie ein Stück. Er rollt freihändig neben Conni her und grinst die ganze Zeit. Conni findet, dass er wie ein zufriedener Honigbär aussieht.
Sie sind schon kurz vor der Kreuzung, an der Phillip abbiegen muss, als er plötzlich die Hände herunternimmt und eine Vollbremsung macht. Conni zuckt erschrocken zusammen. Dann bremst sie ebenfalls.
»Was ist denn jetzt kaputt?«, grummelt Paul. Er fährt noch ein paar Meter weiter, bevor er zum Stehen kommt und sich verwirrt umschaut.
»Halt bitte mal kurz mein Rad fest«, sagt Phillip zu Conni.
Sie greift nach dem Lenker.
»Was ist denn los? Hast du einen Platten?«
Phillip schüttelt geheimnisvoll lächelnd den Kopf.
Zu Connis Verwunderung geht er in die Hocke und schiebt anschließend seinen Kopf in ein dichtes Gebüsch am Wegesrand.
»Komm, Miez-Miez«, hört Conni ihn sagen.
»Miez-Miez?«, wiederholt sie mit gerunzelter Stirn.

Paul kratzt sich am Kopf, was wegen des Helms, den er trägt, etwas merkwürdig aussieht.
»Wenn du mal auf die Toilette musst, kannst du das gerne bei uns erledigen!«, ruft er Phillip zu. »Wir sind doch gleich da!«
»Pscht!«, macht Phillip und kriecht auf allen vieren in das Gebüsch. Nur seine Turnschuhe ragen noch auf den Radweg.
Conni findet sein Verhalten äußerst merkwürdig. Als sie ihn laut fluchen hört, schiebt sie die Augenbrauen zusammen.
»Aua! Nein, lass das! Hey, ich will dir doch nur helfen! Komm schon.« Phillips Stimme klingt gepresst.
»Alles okay bei dir?«, fragt Conni beunruhigt.
Statt eine Antwort zu geben, krabbelt Phillip rückwärts aus dem Grün. Er richtet sich langsam auf. Seine Locken sind zerzaust. Kleine Blätter haben sich darin verfangen. Auf der linken Wange hat er einen Kratzer. Er hält etwas im Arm und grinst.
Connis Augen werden riesengroß.
»Aber, aber …«, stammelt sie. Sie bricht ab und starrt die Katze an, die Phillip aus dem Gebüsch gezogen hat. Ihr Fell ist zwar ein bisschen schmuddelig, aber eindeutig weiß. Nein, nicht ganz, verbessert Conni sich. Auf dem Rücken ist es rotbraun und schwarz gefleckt.
»Das gibt's doch nicht! Mitsuki …«, sagt Conni aufgeregt. »Du hast sie gefunden!«
Phillip strahlt. Aus dem unteren Rand seines T-Shirts formt er eine Art Beutel. Mitsuki thront wie ein kleines Känguru darin. Nur ihr Kopf schaut noch heraus.
»Ich hab was Weißes durch die Büsche schimmern sehen«, sagt Phillip. »Das kam mir seltsam vor. Und dann hab ich ein leises Maunzen gehört und einfach mal nachgeschaut.«

»Maunz«, macht Mitsuki wie zur Bestätigung.
»Selber maunz!«, antwortet Conni und lacht. »Das habt ihr beide gut gemacht!«
»Was ist das denn?« Paul kommt näher. Seine Miene ist immer noch verwirrt.
»Nicht *was*, sondern *wer*«, stellt Conni richtig. »Das ist die verschwundene Glückskatze von dem Supermarktaushang: Mitsuki. Ihre Besitzerin wohnt gleich um die Ecke im Pappelkamp. Ich ruf sie sofort an!«
Zum Glück hat sie die Nummer von dem Zettel in ihrem Handy gespeichert. Sie zieht es aus der Tasche und wählt.
Ihr Herz klopft wie verrückt.
Mitsuki hat inzwischen angefangen zu schnurren. Phillip spricht leise mit ihr. Sie scheint sich bei ihm sehr geborgen zu fühlen. Conni versucht, sich auf das Telefongespräch zu konzentrieren. Das ist gar nicht so einfach, weil sie die ganze Zeit lächeln muss.
Frau Schmid, Mitsukis Besitzerin, meldet sich nach dem ersten Klingelton. Ihre Stimme klingt noch ziemlich jung, stellt Conni fest. Sie erklärt, wer sie sind, wo sie die Katze gefunden haben und verspricht dann, dass sie Mitsuki auf dem kürzesten Weg zu Hause abliefern werden.
»Nein, Sie müssen wirklich nicht herkommen«, versichert sie. »Wir sind schon ganz in Ihrer Nähe. Bis gleich! – Puh, die Ärmste ist ja total aus dem Häuschen«, sagt sie zu den Jungs, nachdem sie aufgelegt hat. »Ich glaube, wir sollten uns lieber ein bisschen beeilen. Nicht, dass sie vor Freude noch einen Herzinfarkt bekommt.«
»Dann mal los«, meint Phillip. »Schiebst du mein Rad?«
»Na klar«, nickt Conni.

Frau Schmid lebt in einer Wohnung im Erdgeschoss eines schmalen Eckhauses. Als sie die Tür öffnet und ihre Katze sieht, ist sie zuerst sprachlos. Dann holt sie tief Luft.
Phillip überreicht ihr Mitsuki so vorsichtig, als wäre sie aus kostbarem Porzellan. Paul steht neben ihm und grinst wie ein Weihnachtsmann.
Kein Wunder, denkt Conni. Es fühlt sich ja auch fast so an wie Weihnachten.
Frau Schmid, die wirklich noch sehr jung ist – höchstens Anfang zwanzig, schätzt Conni –, lacht und weint gleichzeitig, während sie Mitsuki an sich drückt und mit Koseworten und Küssen überhäuft.
Conni und Phillip wechseln einen gerührten Blick.
»Wollt ihr nicht hereinkommen? Wo habt ihr sie denn gefunden? Du liebe Güte! Ich hätte niemals gedacht, dass ich sie nach der langen Zeit wiederbekomme. Ich hab sie überall gesucht. Ich bin so glücklich, das könnt ihr euch gar nicht vorstellen! Vielen, vielen Dank! Ich bin übrigens Viviane.« Die junge Frau streckt ihnen eine Hand entgegen. Mit der anderen presst sie Mitsuki an sich. »Ihr habt euch den Finderlohn wirklich verdient.«
Conni stellt sich und die Jungs vor und berichtet, wie sie – beziehungsweise Phillip – Mitsuki entdeckt und eingefangen haben. Das Angebot, in die Wohnung zu kommen, lehnt sie ab. Auch den Finderlohn.
»Ich hab selbst einen Kater«, sagt sie. »Ich kann mir gar nicht vorstellen, wie schlimm es wäre, wenn Mau so lange verschwinden würde.«
»Wir können den Finderlohn nicht annehmen«, schließt Phillip

sich an. »Es war reiner Zufall, dass wir Ihre Katze gefunden haben.«
»Genau!«, nickt Paul. »Hätte mein Kumpel nicht so gute Ohren, würde sie immer noch in dem Gebüsch hocken und sich vor Angst in die Fellhose machen. Komisch, dass sie von da aus nicht nach Hause gefunden hat.«
»Es kann sein, dass sie irgendwo versehentlich eingesperrt war«, wiederholt Phillip seinen ersten Verdacht. »Vielleicht ist sie unbemerkt in einen Keller geschlüpft und nicht wieder herausgekommen. Sie sieht ein bisschen struppig und mager aus, oder?«
»Stimmt«, nickt Conni. »Aber sie war ja auch ganz schön lange weg.«
Frau Schmid lacht und weint immer noch, aber sie lässt nicht locker. »Wenn ihr schon nicht reinkommen möchtet, nehmt doch bitte wenigstens das Geld. Kauft euch was Schönes, geht ein Eis essen oder ins Kino. Ihr könnt damit machen, was ihr wollt, aber bitte nehmt es an. Ich bin euch wirklich so dankbar.«
Conni, Phillip und Paul gucken sich an.
»Ich hab eine bessere Idee«, sagt Conni schließlich. »Sie spenden es einfach dem Tierheim.«
»Maunz!«, macht Mitsuki.
»Das klingt, als wäre sie einverstanden«, grinst Paul.
Alle lachen.
»Okay, dann ist die Sache beschlossen. Ich geh gleich Montag früh zur Bank und überweise das Geld«, erwidert Frau Schmid.
Mitsuki schmiegt sich schnurrend an ihre Halsbeuge.
Conni muss lächeln, als sie es sieht.
Dann verabschieden sie sich. Die Tür schließt sich hinter Mitsuki und ihrem Frauchen.

»Junge, Junge«, murmelt Paul. »Was für ein Nachmittag! Dabei wollte ich eigentlich schon längst zu Hause sein und mir das Spiel im Fernsehen angucken.«
»Tja, manchmal gibt es eben Wichtigeres als Fußball.« Phillip gibt ihm einen freundschaftlichen Knuff.
Paul nickt.
»Ein Happy End mit Glückskatze zum Beispiel«, sagt Conni zufrieden, als sie wieder draußen stehen und die Räder aufschließen. Sie kann es kaum erwarten, Anna, Billi und Dina anzurufen und ihnen die gute Neuigkeit zu erzählen. Die werden staunen!

In den nächsten Wochen hält die Schule sie so auf Trab, dass Conni und ihre Freundinnen überhaupt nicht dazu kommen, auch nur einen Gedanken an den Babysitter-Führerschein zu verschwenden.
»Was schreiben wir heute?«, stöhnt Conni eines Morgens, als sie in die Klasse kommt. »Englisch oder Bio?«
»Weder noch«, antwortet Anna. »Heute sind die Erdkunde-Referate dran.«
»Ach ja.« Conni lässt sich auf ihren Stuhl fallen. »Ich bin schon ganz durcheinander von den ganzen Klausuren und Extra-Aufgaben.«
»Ich auch«, seufzt Billi. »So viel Stress ist total ungesund. Besonders in unserem Alter. Schließlich wachsen wir noch!«
»Bist du dir da ganz sicher?«, kichert Paul im Vorbeigehen.
»Hey!« Billi wirft mit einem Radiergummi nach ihm. Leider trifft sie nur seinen Rücken.
Paul kichert immer noch. Er schiebt sich auf seinen Platz und begrüßt Phillip und die anderen Jungs, indem er sie der Reihe nach abklatscht.
Billi steht auf, um das Radiergummi wieder einzusammeln. Ihr Blick fällt auf Janettes Platz. Er ist leer.

»Wo ist denn dein siamesischer Zwilling?«, fragt sie Saskia. Saskia ist Janettes beste Freundin. Die beiden Blondinen machen normalerweise keinen Schritt ohneeinander.
»Wahrscheinlich ist sie irgendwo mit ihrem Nagellack kleben geblieben«, lästert Anna.
»Ist sie gar nicht! Sie ist krank«, zischt Saskia beleidigt zurück.
»Echt? Was hat sie denn?«, fragt Dina neugierig.
»Das geht dich gar nichts an!« Für Saskia ist das Thema erledigt. Sie zieht eine Mädchenzeitschrift aus ihrem Rucksack und blättert darin.
»Bestimmt Ziegengrippe oder irgendeine andere Seuche«, grummelt Billi. Sie schnippt das Radiergummi in ihr Federmäppchen.
»Hey, ihr seid heute aber ganz schön gehässig!« Conni zieht die Augenbrauen hoch.
»Die können das ab«, ist Anna überzeugt. »Schließlich sind die sonst auch ziemlich fies und nehmen kein Blatt vor den Mund. Nur weil Janette nicht da ist, tut Saskia so harmlos.«
Conni muss ihr Recht geben. Janette und Saskia sind die unbeliebtesten Mädchen in der Klasse – und daran sind sie selbst schuld. Es wäre schön, wenn sie sich ein bisschen netter benehmen würden, aber daran haben die beiden anscheinend überhaupt kein Interesse.
Am besten lässt man sie einfach in Ruhe, denkt Conni und legt ihre Erdkundesachen auf den Tisch.
Das Thema ihres Referats lautet: ›Die Bedeutung von Beschaffenheit und Gestalt der Erdoberfläche für den Menschen‹. Es geht um die Entstehung von Gebirgen, Ablagerungen, Erosio-

nen und Raumnutzung. Conni muss schon gähnen, wenn sie nur daran denkt. Besonders spannend ist es nicht.

Dina hat das Thema Vulkane. Das klingt wesentlich interessanter.

Billi und Anna referieren über das Klima und die Topografie verschiedener osteuropäischer Länder.

Obwohl Erdkunde nicht gerade ihr Lieblingsfach ist, hat Conni sich große Mühe gegeben und eine Reliefkarte gezeichnet, die sie während ihres Vortrags zeigen will. Papa hat gemeint, dass Erdkunde ein Fleißfach ist. Außerdem hat er gesagt, dass Fleiß mit guten Noten belohnt wird.

Wer will schon auf eine gute Note verzichten? Conni nicht. Dafür nimmt sie sogar ein bisschen zusätzliche Arbeit in Kauf. Das Zeichnen des Reliefs hat außerdem Spaß gemacht und das Ergebnis kann sich sehenlassen.

Sie geht schnell noch einmal ihre Notizen durch. Es hat schon zur Stunde gegongt. Wenn sie sich gleich zu Beginn meldet, kommt sie vielleicht als Erste dran. Dann hat sie es hinter sich.

Zur Überraschung der Klasse taucht kurz darauf eine Vertretungslehrerin auf. Conni kennt sie nur vom Sehen. Sie heißt Frau Hein, ist mindestens fünfzig und hat ein graues, humorloses Gesicht, das von einem Pagenschnitt eingerahmt ist.

»Guten Morgen«, schnarrt Frau Hein.

»Guten Morgen«, murmelt es kollektiv zurück.

»Es gibt einige krankheitsbedingte Ausfälle im Kollegium«, verkündet Frau Hein. »Vorerst werden wir also miteinander auskommen müssen.«

»Oha«, kommt es von Paul aus der letzten Reihe. Er sagt es

ganz leise, trotzdem fängt er sich sofort einen scharfen Blick der Lehrerin ein.
»Wie ist dein Name?«
»Meiner?« Pauls Ohren werden ein bisschen rot. »Paul Hauser.«
»Gut, Paul Hauser. Dann komm bitte nach vorn und erzähle deiner Klasse und mir, mit welchem Thema ihr euch gerade beschäftigt!«
»Hä?«, macht Paul.
Phillip meldet sich. Er ist Klassensprecher. »Wir sollten heute eigentlich Referate halten«, erklärt er. »Zu ganz verschiedenen Themen.«
Frau Hein presst die Lippen zusammen.
»Fein«, knurrt sie. »Dann fangen wir also mit Herrn Hausers Referat an, zu welchem Thema auch immer. Bitte sehr.«
Paul schnappt sich ein paar lose Zettel von seinem Tisch und schlurft nach vorne zur Tafel.
»Die ist ja fast schlimmer als Frau Lindmann«, flüstert Anna den anderen zu.
Conni kann nur stumm nicken. Gegen diese Frau Hein war ihre alte Klassenlehrerin ein sanfter Engel. Armer Paul.
»Die hat echt Haare auf den Zähnen«, murmelt Billi betreten.
»Gruselig«, wispert Dina.

Alle sind froh, als es nach der Doppelstunde zur Pause gongt. Sie können es kaum erwarten, nach draußen zu kommen. Auf dem Schulhof atmen sie auf.
»Was für eine Schreckschraube!«, schimpft Billi.
»Wenigstens hat ihr mein Relief gefallen«, meint Conni.

»Darf die uns überhaupt Zensuren geben?«, fragt Paul. Er hat für seinen stockenden Vortrag über die Tundra eine Vier minus bekommen und macht ein unglückliches Gesicht.
»Keine Ahnung, aber ich glaub schon. Jedenfalls, wenn wir sie länger als Vertretung haben, was ich allerdings nicht hoffe.« Phillip beißt in ein dick belegtes Sandwich und kaut.
»Nein, ich auch nicht.« Conni schüttelt ihren Kakao. »Zum Glück fällt nachher die letzte Stunde aus. Stellt euch mal vor, Frau Hein würde die auch noch übernehmen!«
Paul schaut so entsetzt, dass sie lachen muss. Sie klopft ihm auf die Schulter. »Ganz ruhig, Paulchen. Entspann dich.«
»Dann können wir heute doch eigentlich mal zum Haus der Familie gehen und uns nach einem Babysitter-Kurs erkundigen, oder?«, wechselt Billi das Thema.
»Klar, von mir aus gerne«, sagt Paul sofort. »Alles ist besser als Schule und Frau Hein!«
Conni, Anna und Dina wechseln einen Blick.
»Von mir aus«, sagt Dina und zuckt mit den Schultern.
»Wie geht's deiner Mutter denn inzwischen?«, fragt Phillip.
»Etwas besser«, antwortet Dina und fügt leise »Zum Glück« hinzu.
»Das klingt doch prima!« Conni schiebt einen Strohhalm in die Kakaopackung und trinkt einen Schluck.
Dina nickt nur.
Besonders glücklich sieht sie immer noch nicht aus, findet Conni. Oder bildet sie sich das nur ein?
»Dann ist es also abgemacht«, stellt Anna fest. »Die Familienbildungsstätte ist hier gleich um die Ecke, nur eine Straße weiter. Wir können zu Fuß hingehen.«

»Haben die denn überhaupt auf?«, fragt Paul.
»Das werden wir dann schon sehen«, antwortet Conni.

***

»Ja, so einen Kurs gibt es hier tatsächlich.« Die junge Frau hinter dem Schreibtisch des Sekretariats im Haus der Familie wirkt erfreut. »Wir bieten den Führerschein als Wochenend-Seminar mit 16 Unterrichtsstunden an. Damit ist dann aber auch alles abgedeckt. Erste Hilfe, Rechte und Pflichten, die Entwicklung des Kindes, altersgerechte Spiele, gesunde Ernährung, Pflege und Beschäftigung.« Sie zieht einige Formulare und eine Broschüre aus einem Fach und schiebt sie über den Tisch.
»Wie teuer ist der Kurs denn?«, fragt Anna.
»15 Euro für Schüler«, sagt die Dame. »Für Erwachsene ist er etwas teurer.«
»Nur 15 Euro?«, strahlt Conni. »Damit sind meine Eltern garantiert einverstanden!«
Natürlich hat sie mit Mama und Papa über den Babysitter-Führerschein gesprochen. Beide fanden die Idee ganz ausgezeichnet.
»Können wir uns gleich anmelden?« Paul blättert in der bunten Broschüre.
»Natürlich.« Die Sekretärin zeigt auf die Zettel. »Das sind die Anmeldungen. Jeder füllt bitte eine eigene aus. Die Gebühren könnt ihr vorab überweisen oder direkt im Kurs bezahlen.«
»Moment mal …« Paul schaut auf. »Hier steht was von Mindestalter.«
»Ja, das stimmt. Das Mindestalter für die Teilnahme ist 14 Jahre.« Die junge Dame – laut eines Namensschilds neben der Tür

heißt sie Sandra Müller – wendet sich wieder ihrem Computerbildschirm zu.
»Wir sind aber erst zwölf«, sagt Paul.
»Elf!«, verbessert Billi ihn.
»Elf bis zwölf«, mischt Conni sich ein.
»Oje, dann seid ihr noch zu jung.« Frau Müller lässt die Schultern hängen und macht ein bedauerndes Gesicht. »Tut mir leid.«
»Ist das nur hier so oder überall?«, fragt Conni.
»Das Mindestalter ist gesetzlich vorgeschrieben«, erklärt Frau Müller. »Daran müssen sich alle Veranstalter eines solchen Kurses halten.«
»Dann bringt es also nichts, wenn wir es vielleicht noch mal woanders versuchen?«, hakt Conni nach.
»Nein.«
»Schöne Schiete«, brummelt Paul.
»Du sagst es«, murmelt Billi.
Die Enttäuschung steht ihnen ins Gesicht geschrieben.
Conni, Dina und Anna gucken sich an.
Dina zuckt mit den Schultern.
»Dann eben nicht«, sagt sie. »Schade.«
»Können wir die Broschüre trotzdem mitnehmen?«, fragt Paul und wedelt mit dem bunten Heftchen.
»Ja, sicher.« Frau Müller lächelt. »Und wegen der Anmeldung kommt ihr einfach in zwei oder drei Jahren wieder. Wir bieten die Seminare regelmäßig an.«
»Okay.« Conni nickt. »Danke schön.«
»Gerne. Auf Wiedersehen.« Das Telefon auf dem Schreibtisch klingelt. Frau Müller dreht ihnen den Rücken zu und meldet sich mit ihrem Namen.

»Tschüss«, sagt Conni noch.

Die Sekretärin winkt über die Schulter.

»So was Blödes!«, schnaubt Anna, als sie draußen auf der Straße stehen.

»Davon war in dem Buch aber nicht die Rede«, beschwert sich Billi.

Paul stopft die Broschüre in seine Hosentasche und grinst. »Hey, Mädels, beruhigt euch! Ist doch halb so schlimm.«

»Halb so schlimm?«, wiederholt Conni.

»Ich hab euch doch gesagt, dass ich der weltbeste Babysitter bin!« Paul breitet die Arme aus.

»Du hörst dich an wie Karlsson vom Dach. Der hat auch so eine große Klappe«, sagt Billi.

»Ich hab überhaupt keine große Klappe!«, protestiert Paul.

»Na ja, manchmal schon.« Conni klopft ihm freundschaftlich auf die Schulter. »Aber wir haben dich trotzdem lieb.«

»Danke, das beruhigt mich. Aber im Ernst ...«, Paul setzt sich langsam in Bewegung. Die Mädchen gehen neben ihm her. »Alles, was die in diesem Kurs vermitteln, können wir uns genauso gut auch selbst beibringen. Okay, vielleicht nicht genauso gut«, schränkt er ein, »aber bestimmt fast so gut.«

»Meinst du wirklich?« Conni ist skeptisch. »So ein Seminar wird doch garantiert von Fachleuten geleitet.«

»Ja, klar. Fachleute für Windeln, oder was!« Paul lacht.

»Hm«, macht Dina. Sie hüpft auf der Bordsteinkante auf und ab. »Ich glaub, Paul hat Recht. Diese ganzen juristischen Sachen brauchen wir doch eh nicht, wenn wir auf das Baby aufpassen. Schließlich gehört es zur Familie.«

»Und was ist mit der Ersten Hilfe?« Anna nimmt ihre Brille ab und putzt sie an einem Zipfel ihres T-Shirts. »Im Notfall wüsste ich schon ganz gerne, wie ich mich verhalten soll.«

An einer Kreuzung bleiben sie stehen. Die Fußgängerampel zeigt Rot. Connis Miene hellt sich auf.

»Wir fragen einfach meine Mutter!«, ruft sie. »Immerhin ist sie Kinderärztin. Wenn jemand was von Notfällen versteht, dann sie. Mama hilft uns bestimmt gerne. Vielleicht kann sie ja einen kleinen privaten Erste-Hilfe-Kurs für uns veranstalten.«

»Coole Idee!« Paul nickt anerkennend.

»Alles andere bringen wir uns selbst bei. Das kriegen wir schon hin«, sagt Billi überzeugt. »Wozu haben wir schließlich die Windeln gekauft?«

Die Ampel springt auf Grün. Sie gehen weiter.

Paul tippt sich an die Nase.

»Ich glaub, wir haben noch die alten Nuckelflaschen von Marie im Keller. Und eine Babybadewanne, Strampelanzüge und so was. Meine Mutter hängt total an dem Kram. Sie kann einfach nichts wegwerfen.« Er zuckt verlegen mit den Schultern.

»Ist doch perfekt!«, grinst Conni. »Glaubst du, sie leiht uns die Sachen?«

»Ich frag sie.«

»Cool. Dann frag ich meine Mutter nach dem Erste-Hilfe-Kurs.«

Sie klatschen sich ab.

Als sie den Schulhof erreichen, biegen Conni, Anna und Paul ab. Ihre Fahrräder stehen noch im Unterstand.

Dina und Billi winken zum Abschied. Sie müssen ein paar Straßen weiter bis zur nächsten Bushaltestelle laufen.

»Bis morgen!«, ruft Billi.

»Ciao!«, ruft Conni zurück. Sie lächelt zufrieden vor sich hin. Billi hat Recht, denkt sie. Das kriegen wir hin!
Weil Anna in die andere Richtung muss, fahren Paul und sie zu zweit nach Hause.
»Ich find's übrigens richtig klasse, dass du bei unserem Babysitterclub mitmachst«, sagt Conni, während sie in gemütlichem Tempo über den Radweg rollen. »Hast du gar keine Angst, dass die anderen Jungs dich deswegen aufziehen?«
»Und wennschon. Ist mir doch egal.« Paul blinzelt in die Sonne. »Meine besten Freunde haben garantiert nichts dagegen. Und alle anderen können mich mal.«
Im Ahornweg biegt er in seine Einfahrt ab.
»Tschüss, bis morgen!«
»Tschüss!«, ruft Conni zurück. »Und vergiss nicht, deine Mutter nach den Babysachen zu fragen!«
Er tippt sich an den Helm und verschwindet im Carport.
Conni rollt mit ihrem Rad bis in die Garage und stellt es dort ab. Wenn sie sich nicht täuscht, arbeitet Mama heute nur den halben Tag. Dann müsste sie schon zu Hause sein. Vielleicht steht sogar schon das Mittagessen auf dem Tisch.
Plötzlich merkt sie, wie hungrig sie ist. War das gerade ihr Magen, der so laut geknurrt hat? Dann wird es wirklich höchste Zeit!
Sie nimmt zwei Stufen auf einmal, schließt die Haustür auf und ruft »Ist jemand da?« in den Flur, während sie aus ihren Turnschuhen schlüpft und den Schulrucksack in eine Ecke pfeffert.
»Ja-haa!«, kommt es zweistimmig aus der Küche zurück. »Beeil dich! Der Auflauf wird kalt!«
»Bin schon da!« Conni flitzt auf Socken durch den Flur, schlit-

tert um die Ecke und stolpert fast über Mau, der vor seinem Fressnapf hockt und Trockenfutter knurpselt. Er wirft ihr einen empörten Blick zu.

Conni lacht nur – »Sorry, Kater!« –, dann lässt sie sich auf ihren Platz in der Eckbank fallen.

»Hallo«, sagt Mama. »Hast du Hunger?«

»Und wie!«

Jakob hat schon einen Berg Nudelauflauf auf seinem Teller aufgetürmt und kaut mit vollen Backen. »Echt lecker«, sagt er und hebt einen Daumen.

»Guten Appetit«, wünscht Mama.

»Danke.« Conni füllt ihren Teller mit Nudeln, Tomaten, Schinken und Käse und probiert. Jakob hat Recht: Der Auflauf ist wirklich oberlecker!

Jakob erzählt von seinem Vormittag in der Schule. Conni ebenfalls. Besonders von Frau Hein – »dieser Vertretungsschreckschraube«, wie Conni sie nennt. »Hoffentlich sind wir die bald wieder los!«

Mama erkundigt sich, wie es Dinas Mutter geht.

»Besser. Glaub ich jedenfalls«, sagt Conni. Weil es gerade so gut zum Thema passt, berichtet sie von ihrem Besuch im Haus der Familie und dem geplatzten Babysitter-Kurs.

»Das ist ja schade«, meint Mama.

Conni nickt. »Wir haben aber schon eine andere Idee!«

Sie gießt sich ein Glas Saft ein und erklärt, was Anna, Billi, Dina und sie sich ausgedacht haben. Und Paul natürlich.

Mama hört aufmerksam zu. Jakob auch.

»Voll cool«, meint er, als Conni fertig ist. »Kann ich auch bei eurem Club mitmachen?«

»Du?« Conni runzelt die Stirn. »Seit wann interessierst du dich für Babys?«
»Solange die nicht die ganze Zeit schreien, finde ich sie eigentlich ganz okay«, erwidert er und zuckt mit den Schultern.
»Manche Babys schreien allerdings sehr viel«, gibt Mama zu bedenken. Sie steht auf, um den Nachtisch aus dem Kühlschrank zu holen. Rote Himbeergrütze mit Vanillesoße. Conni läuft das Wasser im Mund zusammen, als sie die große Schüssel sieht. Sie hilft dabei, das Geschirr abzuräumen und verteilt anschließend die Kompottschälchen.
»Kannst du uns nicht vielleicht ein paar Dinge erklären, die man im Notfall wissen muss?«, wendet sie sich an ihre Mutter.
»Im Notfall würde ich mit einem kranken Baby immer sofort zum Arzt gehen«, erwidert Mama. Sie stellt die Schüssel auf den Tisch und den Krug mit der Vanillesoße daneben.
Jakob greift danach. »Ich auch«, sagt er wichtig.
Conni wirft ihm einen Blick zu. »Und was machst du, wenn gerade kein Arzt in der Nähe ist?«
»Dann frag ich Mama oder Papa!«
»Zufällig ist Mama Ärztin«, prustet Conni.
»Ist doch praktisch«, meint Jakob.
Conni schüttelt lächelnd den Kopf. Gegen Jakobs Logik hat sie keine Chance.
Mama verspricht, ihnen die wichtigsten Dinge zu erklären. Was man beachten muss, wenn das Baby spuckt, zum Beispiel. Oder woran man erkennt, dass es Fieber hat.
»Ich stelle eine kleine Liste für euch zusammen«, sagt sie. »Wenn ihr Lust habt, können wir an einem Wochenende auch ein paar praktische Erste-Hilfe-Übungen machen.«

»Au ja!« Conni ist begeistert. »Danke!«
»Ich glaub, ich mach doch nicht mit.« Jakob hat einen Vanillesoßenbart an der Oberlippe.
»Nanu? Warum nicht?«, fragt Conni.
Jakob zuckt mit den Schultern. Conni strubbelt ihm durch die Haare. »Du kannst es dir ja noch mal überlegen.«
Nach dem Essen verschwinden Conni und Jakob in ihren Zimmern. Mama geht mit der Zeitung ins Wohnzimmer und macht es sich auf der Couch gemütlich. Mau leistet ihr Gesellschaft.
Conni packt ihre Schulsachen aus und wirft sie auf den Schreibtisch. Sie hat eine ganze Menge Hausaufgaben zu erledigen. Außerdem muss sie noch für den nächsten Test lernen. Aber das kann warten. Sie legt eine CD in den Player und holt das Tagebuch aus der Nachttischschublade. Während im Hintergrund leise Popmusik dudelt, fängt sie an zu schreiben:

Im Moment ist alles ganz schön aufregend. Unser BABYSITTERCLUB tritt schon bald in Aktion. Toll, dass Mama uns helfen will. Noch toller finde ich, dass Paul dabei ist.
Für einen Jungen ist das ja nicht gerade selbstverständlich.
Dabei dachte ich immer, er interessiert sich nur für Fußball und Computerspiele.
So kann man sich täuschen! ☺

Sie knabbert an ihrem Füller und denkt an Phillip. Eigentlich schade, dass er nicht mitmachen will. Gesagt hat er jedenfalls nichts. Ob sie ihn mal fragen soll? Nein, lieber nicht. Wenn er Interesse hätte, hätte er sich bestimmt gemeldet. Außerdem hat er schon genug andere Sachen um die Ohren. Sportverein, Surfen, Gitarrespielen und seine Arbeit als Klassensprecher, die er sehr ernst nimmt.

Woher soll er da noch die Zeit für einen Babysitterclub nehmen?

Sie will gerade weiterschreiben, da meldet sich ihr Handy mit einem melodischen Klingelton.

PHILLIP steht auf dem Display.

Conni grinst. Seit wann kann Phillip Gedanken lesen? Hat er vielleicht gespürt, dass sie an ihn gedacht hat?

»Hallo«, meldet sie sich.

»Hi!«, sagt Phillip. »Was machst du gerade?«

»Mit dir telefonieren.«

»Ja, stimmt. Und sonst so?«

Conni fängt an zu erzählen. Das meiste weiß Phillip allerdings schon.

»Paul hat mir schon gesagt, dass es mit eurem Baby-Führerschein nichts wird. Wir haben gerade geskypt.«

»Tja, jetzt müssen wir uns das Ganze eben selbst beibringen«, seufzt Conni.

»Das schafft ihr locker«, meint Phillip.

»Glaub ich auch.«

Sie wechseln das Thema und reden über die Hausaufgaben. Phillip ist damit schon fast fertig.

»Wow«, sagt Conni. »Wollen wir nicht tauschen?«

»Nö. Aber wenn du willst, kann ich dir vielleicht ein paar Lösungen verraten.«
»Her damit!«
Conni schreibt eifrig mit, während Phillip aus seinem Heft vorliest.
Es geht doch nichts über einen fleißigen Freund, denkt sie und unterdrückt ein Kichern. Besonders, wenn er so intelligent ist und dazu auch noch gut aussieht!
»Danke schön.« Sie legt den Füller beiseite. »Damit sind die Hausaufgaben bestimmt ein Klacks.«
»Ich muss jetzt Schluss machen«, erwidert Phillip. Es raschelt leise, als er seine Hefte wegpackt. »In einer Viertelstunde fängt das Fußballtraining an.«
Conni wünscht ihm viel Spaß.
»Werd ich haben«, antwortet er. »Wir sehen uns morgen. Bis dann!«
»Bis dann.« Conni drückt auf die rote Taste und legt das Handy auf die Schreibtischplatte.
Wenig später ist sie ganz in ihre Hausaufgaben vertieft. Als ihr Lieblingslied von der CD kommt, summt sie vergnügt mit.

Conni und ihre Freunde sind sehr erleichtert, dass Frau Hein in den nächsten Tagen nicht wiederauftaucht. Die kranken Lehrer scheinen sich erstaunlich schnell erholt zu haben. Alle sind vollzählig. Nur Janettes Platz in der vorletzten Reihe ist immer noch leer.

»Was sie wohl hat?«, fragt Dina eines Morgens.

»Ein normaler Schnupfen ist es bestimmt nicht. Der dauert nicht so lange«, sagt Conni.

»Fragt doch Saskia«, schlägt Billi vor.

»Frag sie doch selber.« Anna grinst. »Vielleicht verrät sie's dir, wenn du das Zauberwort sagst.«

»Würde ich glatt machen«, kontert Billi. »Aber leider sieht es so aus, als wäre Saskia heute auch krank. Auf jeden Fall ist sie noch nicht da.«

»Vielleicht kommt sie ja nur zu spät.« Conni wirft einen Blick über die Schulter auf die leeren Stühle der Zicken, bevor sie ihr Mäppchen und einen Collegeblock aus dem Rucksack zieht.

Ein paar Minuten vergehen. Als Herr Gunnarsson schließlich um die Ecke biegt, ist Saskia immer noch nicht da. Der junge Lehrer wünscht der Klasse einen wunderschönen guten Morgen und macht die Tür hinter sich zu.

Komisch, denkt Conni. Zuerst Janette, jetzt Saskia …
Anna stupst sie mit dem Ellbogen an. »Herr Gunnarsson strahlt heute so. Findest du nicht auch?«
»Hm? Nö. Der ist doch immer gut drauf«, wispert Conni zurück.
»Ja, schon. Aber heute irgendwie ganz besonders«, beharrt Anna. »Er leuchtet richtig.«
»Vielleicht hat er zu viel Gute-Laune-Tee getrunken«, flüstert Billi.
Dina kichert.
»Wenn die Damen so nett wären, ihre Privatunterhaltung zu beenden, können wir mit dem Englischunterricht anfangen.« Herr Gunnarsson nimmt sein Lehrerbuch in die Hand und wirft Conni, Anna, Billi und Dina einen freundlichen Blick zu.
Anna wird knallrot.
Conni räuspert sich.
Billi und Dina stecken ihre Nasen schnell in die Hefte.
»Danke sehr.« Herr Gunnarsson lächelt zufrieden. »Wo waren wir in der letzten Stunde stehengeblieben?«
»Vor der Tafel, wie immer«, erwidert Paul grinsend. »Sie jedenfalls. Wir nicht. Wir haben gesessen.«
Alle lachen.
Paul und Phillip klatschen sich ab.
Herr Gunnarsson zupft an seinem Piratenbärtchen. »Dann sollten wir das vielleicht mal ändern. Kommst du bitte nach vorne, Paul? Ich setz mich solange auf deinen Platz.«
»Hä? Wie jetzt?« Paul macht ein ratloses Gesicht.
»Platztausch!«, sagt Herr Gunnarsson. »Ich hab den Eindruck, dass du auch gerne mal an der Tafel stehen möchtest.«

»Nö, also eigentlich nicht«, erwidert Paul.
»Okay, dann lasst uns endlich arbeiten.« Herr Gunnarsson schwenkt sein Buch. »Übungsgrammatik Seite 127. *Simple past and past progressive.* Paul, lies bitte die erste Aufgabe vor.«
Herr Gunnarsson ist bei seinen Schülern beliebt. Der Unterricht bei ihm macht Spaß. Der Lehrer ist freundlich und fair und kann Zusammenhänge gut erklären. Außerdem ist er immer auch mal für einen kleinen Scherz zu haben. Auf der anderen Seite erwartet er, dass alle gut mitarbeiten. Dank seiner lockeren Art vergeht die Doppelstunde im Nu.
»Ihr habt jetzt gleich Kunst bei Frau Stern«, sagt er, kurz bevor es zur großen Pause klingelt. »Sie hat noch einen Arzttermin und kommt vielleicht ein bisschen später. Ich soll euch ausrichten, dass ihr euch dann still beschäftigen sollt.«
»Machen wir doch immer«, grinst Paul.
»Ist sie etwa auch krank?«, entfährt es Conni.
»Das ist ja die reinste Epidemie!«, ruft Anna.
»Nein, nein.« Herr Gunnarsson lacht. Frau Stern und er sind seit einiger Zeit verlobt und wollen bald heiraten. »Ganz im Gegenteil. Der Grund des Arztbesuchs ist ein sehr erfreulicher.«
In der Klasse wird getuschelt.
»Was soll an einem Arztbesuch erfreulich sein?«, fragt Paul.
»Ich glaub, ich weiß es«, meint Dina. Sie wollte es eigentlich gar nicht laut sagen und wird prompt rot.
Conni hebt die Augenbrauen. »Du meinst, sie ist –«
»Jede Wette!« Dina nickt.
»Ja, Frau Stern und ich erwarten ein Kind«, bestätigt Herr Gunnarsson lächelnd. »Es dauert zwar noch ein Weilchen, aber wir freuen uns sehr.«

Von allen Seiten wird gratuliert und Glück gewünscht.
Herr Gunnarsson wird ganz verlegen.
»Danke, danke«, wehrt er ab.
»Noch ein Baby!«, quietscht Anna. »Das ist ja so romantisch!«
»Aber echt!«, sagt Conni.

***

Während der Pause gibt es nur ein einziges Thema in der Klasse: das doppelte Babyglück.
Alle schnattern durcheinander. Die meisten Lehrerinnen am Lessing-Gymnasium sind schon älter. Dass eine der jüngeren nun ein Baby erwartet – noch dazu fast gleichzeitig mit Dinas Mutter –, sorgt für freudige Aufregung.
»Wir sollten unseren Babysitterclub ein bisschen größer aufziehen«, meint Paul. »Es scheint einen wachsenden Bedarf zu geben.«
»Was meinst du mit *größer aufziehen*?«, fragt Conni neugierig.
»Wir gründen eine richtige Firma statt eines mickrigen Clubs«, erklärt Paul. »Mit Visitenkarten und so.«
»Meinst du das ernst?«, fragt Phillip.
»Klar«, erwidert Paul. »Ich hab sogar schon einen passenden Namen: Babysitter & Co KG.«
»KG? Was soll das denn heißen?«, fragt Dina.
»Woher soll ich das wissen?« Paul zuckt mit den Schultern.
»Vielleicht Kinderglück«, lacht Anna.
»Ob wir bald keinen Kunstunterricht mehr haben, weil Frau Stern schwanger ist?«, fragt Mark hoffnungsvoll.
»Nö, das kann ich mir nicht vorstellen. Bis sie in den Mutterschutz geht, dauert es bestimmt noch ziemlich lange.« Billi beißt

ein großes Stück von einer Banane ab und kaut mit vollen Backen.
»Du siehst wie ein Eichhörnchen aus«, zieht Paul sie auf.
Billi grinst nur.
»Wenn es so weit ist, kriegen wir bestimmt eine Vertretung«, vermutet Tim.
Die anderen nicken.
»Hauptsache, die Vertretung heißt nicht Frau Hein«, grummelt Conni.
Phillip steht neben ihr. »Ich hab mich mal erkundigt, ob Vertretungslehrer überhaupt Zensuren geben dürfen«, erzählt er.
»Und? Dürfen sie?«, fragt Conni.
Phillip nickt. »Aber nur, wenn die Vertretung über einen längeren Zeitraum geht und sonst keine Noten fürs Zeugnis zu Stande kommen.«
»Das heißt, die Zensuren von Frau Hein gelten gar nicht, weil wir nur eine einzige Vertretungsstunde bei ihr hatten?« Paul strahlt. »Das ist ja cool!«
»In der nächsten Erdkundestunde fragen wir Herrn Albers einfach, ob wir unsere Referate noch einmal halten dürfen«, sagt Phillip.
»Bestimmt ist er einverstanden«, meint Conni. Der Gedanke, ihren Vortrag über die Bedeutung der Beschaffenheit und Gestalt der Erdoberfläche wiederholen zu müssen, klingt zwar nicht sehr verlockend, aber wenn eine bessere Note dabei herausspringt … Warum nicht?
Es gongt über ihren Köpfen. Gemeinsam mit ihren Mitschülern schieben sie sich durch die langen Flure in Richtung Kunstraum.

»Und womit sollen wir uns jetzt beschäftigen, falls Frau Stern später kommt? Sie hat in der letzten Stunde gar nicht gesagt, was wir als Nächstes machen«, murrt Anna.
»Wie wär's mit Wolkenzählen«, schlägt Paul vor. Er fläzt sich auf seinen Stuhl, legt die Füße auf die Fensterbank, schaut aus dem Fenster und fängt laut zu zählen an. »Eins, zwei, drei … Guckt doch mal, die eine sieht wie eine volle Windel aus! Ob das ein Zeichen ist?«
Anna zeigt ihm einen Vogel.
Conni und Billi prusten.
Mark gibt ihm eine Kopfnuss.
»Aua, Mann!«, jault Paul auf.
»Guten Morgen!«, kommt es von der Tür. Frau Stern hat sich nicht verspätet, sondern steht pünktlich auf die Minute vor der Klasse. Um ihre Mundwinkel spielt ein kleines Lächeln.
Paul reibt sich den Hinterkopf und springt auf.
»Möchten Sie einen Apfel? Irgendein anderes Obst? Ein Glas Wasser vielleicht? Oder lieber Milch? Darf ich Ihnen meinen Stuhl anbieten? Setzen Sie sich doch! In Ihrem Zustand sollten Sie unbedingt darauf achten, dass Sie regelmäßig Ruhepausen haben. Und immer schön die Beine hochlegen. Das ist echt wichtig.«
Frau Stern fängt an zu lachen.
»Vielen Dank, Paul. Ich bin bestens versorgt.« Sie zeigt auf den Lehrerstuhl hinter dem Pult. »Ihr wisst es also schon?«
»Ja, klar«, grinst Phillip.
»Herzlichen Glückwunsch«, kommt es von Anna.
»Danke schön.« Frau Stern lächelt.
»Man sieht ja noch gar nichts«, stellt Billi leise murmelnd fest. Es klingt fast ein bisschen enttäuscht.

»Bei meiner Mutter auch nicht«, raunt Dina zurück. »Sie hat gesagt, dass das noch kommt. Der Bauch fängt erst in den letzten Monaten so richtig an zu wachsen.«

»Stellt euch mal vor, wenn deine Mutter und Frau Stern ihre Babys gleichzeitig bekommen«, wispert Conni. »Dann können wir sie zusammen im Krankenhaus besuchen.«

»Vielleicht liegen sie ja sogar in einem Doppelzimmer. Wär doch praktisch«, stimmt Anna ihr zu.

»Meine Mutter möchte aber zu Hause entbinden«, erzählt Dina. »Sie will nicht ins Krankenhaus. Ich war auch eine Hausgeburt.«

»Echt wahr?« Billi macht große Augen.

Dina nickt.

»Wow«, macht Conni. »Aber warum nicht, wenn alles in Ordnung ist. Ich finde das toll!«

Frau Stern unterbricht das Gespräch der Freundinnen, indem sie sich laut räuspert.

»Wir fangen heute mit einem ganz neuen Thema an«, verkündet sie und zieht einen Stapel DIN-A4-Blätter aus ihrer Tasche. »Es lautet Linolschnitt. Ich habe euch alles Wichtige dazu aufgeschrieben. Bitte lest euch die Zettel in Ruhe durch und holt danach das Werkzeug aus dem Nebenraum. Wir haben Linoleumplatten in verschiedenen Größen und Stärken. Bevor ihr anfangt, überlegt euch ein Motiv und fertigt eine Skizze an.«

»Was für ein Motiv denn?«, fragt Billi.

»Ihr habt die freie Auswahl. Sucht euch einfach eins aus, das euch gefällt«, antwortet Frau Stern. »Eure Skizze übertragt ihr auf das Linoleum und schnitzt dann die Umrisse heraus. Passt dabei bitte gut auf! Die Messer, mit denen wir arbeiten, sind sehr scharf.«

»Super«, sagt Conni. »Also nicht, dass die Messer so scharf sind. Aber das Thema klingt cool!«
Frau Stern nickt. »Weiß zufällig jemand, was mit Janette und Saskia ist?«
»Die sind umgekippt und ausgelaufen«, grinst Paul. »Wie das bei Hohlkörpern so üblich ist.«
»Also, bitte!« Frau Stern schüttelt den Kopf.
»Was denn?« Paul macht ein harmloses Gesicht.
Frau Stern kommt zu seinem Platz und drückt ihm den Papierstapel in die Hände. »Verteilst du bitte die Arbeitsblätter?«
»Mach ich glatt«, versichert Paul. »Und Sie setzen sich inzwischen schön hin und ruhen sich aus!«

***

Weil sowohl Conni als auch Jakob heute lange Unterricht hatten, haben sie in ihren Schulen Mittag gegessen. Am Abend sitzen sie zusammen mit ihren Eltern im Wohnzimmer am Esstisch und erzählen, wie der Tag war. Natürlich berichtet Conni von Frau Stern, Herrn Gunnarsson und ihrem gemeinsamen Babyglück.
»Ich bin ja mal gespannt, ob die wirklich noch heiraten, bevor das Baby kommt«, sagt sie. Sie belegt ein Vollkornbrot mit Käse und Tomatenscheiben und krönt es mit frischem Schnittlauch, bevor sie hineinbeißt.
»Sonst holen sie es bestimmt nach«, vermutet Papa.
»Muss man denn unbedingt heiraten, wenn man ein Kind kriegt?«, will Jakob wissen.
»Nein, nicht unbedingt. Das kann jeder für sich selbst entscheiden«, erwidert Mama. Sie nippt an ihrem Tee und wendet sich

an Conni: »Ich soll dir übrigens Grüße ausrichten. Heute Vormittag war ein Mädchen aus deiner Klasse in unserer Sprechstunde.«
»Wer denn?«
»Saskia.«
»Stimmt, sie war nicht in der Schule. Janette, ihre ABF, ist auch krank. Was fehlt ihr denn? Darfst du das erzählen?«
»Eigentlich nicht«, sagt Mama. »Aber da ich ihr ein Attest für die Schule ausgestellt habe, werdet ihr es morgen sowieso erfahren. Sie hat die Röteln. Janette auch. Saskia hat sich wohl bei ihr angesteckt.«
»Ach herrje! Ist man dagegen denn nicht geimpft?« Conni rettet eine kleine Tomatenscheibe, die von ihrem Käsebrot zu rutschen droht, und schiebt sie sich kurzerhand in den Mund.
Ihre Mutter nickt. »Üblicherweise schon. Allerdings lassen nicht alle Eltern ihre Kinder impfen.«
»Tun Röteln weh? Sind die sehr ansteckend?«, fragt Jakob.
»Nein, Röteln tun nicht weh. Man bekommt einen Hautausschlag und fühlt sich ein bisschen matt. So, als ob man erkältet ist. Viele Kinder merken nicht einmal, dass sie die Röteln haben. Trotzdem können sie andere Kinder anstecken. Aber keine Sorge: Ihr seid dagegen geimpft.«
»Puh!« Jakob tut so, als würde er sich Schweißtropfen von der Stirn wischen.
Papa angelt sich eine Scheibe Schwarzbrot aus dem Korb und bestreicht sie mit Kräuterquark.
Conni reicht ihm die Tomaten.
»Röteln«, murmelt Papa. »Das ist aber nicht so gut, oder? Ausgerechnet jetzt, wo Frau Stern und Frau Dosso schwanger sind.«

»Was hat das denn damit zu tun?«, fragt Conni.
»Röteln können für Schwangere sehr gefährlich sein. Beziehungsweise für das ungeborene Kind«, erklärt Mama. »Das Baby ist ja über die Nabelschnur mit seiner Mutter verbunden und wird so mit allem versorgt, was es braucht. Leider kann es sich dadurch aber auch anstecken und krank werden. Der einzige Schutz ist, wenn die werdende Mutter selbst schon die Röteln hatte. Dann ist sie immun gegen den Virus, und das Baby in ihrem Bauch auch.«
Conni hört auf zu kauen.
»Das ist ja furchtbar!«, stößt sie hervor. »Hoffentlich hatten Dinas Mutter und Frau Stern schon mal Röteln!«
»Ja, das hoffe ich auch«, erwidert ihre Mutter. »Zum Glück gibt es zuverlässige Blutuntersuchungen, durch die nachgewiesen werden kann, ob die werdenden Mütter immun sind. Wenn Frau Dosso und Frau Stern sich nicht sicher sind und den Test noch nicht gemacht haben, sollten sie das schnell nachholen.«
»Ich ruf gleich mal Dina an.« Conni schiebt ihren Stuhl zurück und steht auf. »Sie muss ihre Mutter unbedingt danach fragen. Und Frau Stern sag ich es auch, sobald wir wieder Unterricht bei ihr haben.«
»Das hat aber bis nach dem Abendbrot Zeit«, sagt Papa und zeigt auf das angebissene Brot auf Connis Teller.
Sie setzt sich wieder hin und seufzt.
»Mach dich nicht verrückt.« Mama lächelt. »Es ist bestimmt alles in Ordnung. Ich ruf nachher Dinas Mutter an und erkläre ihr die Sache. Alles Weitere kann sie dann in Ruhe mit ihrem Arzt besprechen. Das Gleiche gilt für Frau Stern. Ich bin sicher, dass sie in guten Händen ist und medizinisch bestens betreut wird.

Saskias Eltern haben die Schule schon darüber informiert, dass Saskia wegen der Röteln ein paar Tage zu Hause bleiben muss. Deine Lehrerin wird also spätestens morgen früh Bescheid wissen.«

»Okay«, murmelt Conni. Sie starrt auf ihr Käsebrot und kann sich nicht dazu durchringen, noch einmal davon abzubeißen. Irgendwie ist ihr der Appetit vergangen.

Als endlich alle mit dem Abendessen fertig sind und das Geschirr abgespült und weggeräumt ist, flitzt Conni schnell nach oben. In ihrem Zimmer schnappt sie sich das Handy vom Schreibtisch und wirft sich damit aufs Bett. Wen soll sie zuerst anrufen? Dina? Oder lieber erst mal Anna oder Billi? Conni stöhnt auf. Sie will Dina nicht unnötig beunruhigen. Vielleicht ist es besser, zuerst die anderen zu informieren und nach ihrer Meinung zu fragen.

»Ja«, sagt Conni laut zu sich selbst. »So mach ich das!«

Sie wählt Annas Nummer. Anna meldet sich fast sofort.

Conni kommt gleich zur Sache.

»Weißt du zufällig, ob Frau Dosso schon mal Röteln hatte?«

»Ähm …«, macht Anna. »Wie bitte? Woher soll ich das denn wissen?«

Conni erzählt ihr im Schnelldurchlauf, worum es geht.

»Ach, du Schreck!«, ruft Anna. »Nein, das weiß ich natürlich nicht. Du musst unbedingt Dina danach fragen!«

»Mach ich jetzt auch«, antwortet Conni.

Anna verspricht, Billi anzurufen.

»Aber die weiß das garantiert auch nicht«, sagt sie.

»Macht nichts«, meint Conni. »Vielleicht ist ja alles nur halb so schlimm.«

»Hoffentlich«, murmelt Anna und legt auf.
Bevor Conni Dinas Nummer eintippt, zögert sie. Mama hat gesagt, dass sie mit Frau Dosso sprechen will. Soll sie das Telefonat der beiden nicht erst einmal abwarten?
»Wenn Dinas Mutter sagt, dass sie immun ist, ist alles okay. Dann muss ich Dina gar nicht beunruhigen«, sagt Conni zu Mau und zählt bis zehn. Mau schnurrt.
»Ach was, ich ruf sie jetzt an! Nur rumsitzen und Däumchen drehen bringt auch nichts.«
Bei Dina dauert es ein bisschen länger, bis sie sich meldet.
»Ich bügel gerade die Wäsche«, schnauft sie. »Was gibt's?«
»Musst du immer noch so viel Hausarbeit erledigen?«, fragt Conni erstaunt. Dina hat sich in der letzten Zeit gar nicht mehr beklagt. Es scheint fast so, als würde es ihr inzwischen Spaß machen, ihrer Mutter zur Hand zu gehen und sie ein bisschen zu entlasten.
»Klar«, erwidert Dina locker. »Kein Problem. Mit den Hausaufgaben bin ich schon fertig. Was gibt's?«
Wieder zögert Conni.
»Ist es wegen der Röteln?«, fragt Dina.
»Du hast es schon gehört?«, fragt Conni überrascht zurück.
»Ja, klar. Deine Mutter hat gerade mit meiner Mutter telefoniert.« Dina gluckst. »Die armen Zicken! Röteln sind echt fies, glaub ich. Jucken die nicht ganz furchtbar?«
»Ähm, keine Ahnung«, sagt Conni leicht verwirrt. »Um Janette und Saskia mach ich mir ehrlich gesagt keine Sorgen. Eher um deine Mama und euer Baby.«
»Musst du nicht. Es ist alles prima in Ordnung. Sie hatte die Röteln schon.«

»Ganz sicher?« Conni umklammert ihr Handy.
»Ja, absolut. Ihr Arzt hat neulich so einen Bluttest gemacht. Das Ergebnis war eindeutig«, versichert Dina.
»Puh«, macht Conni erleichtert.
»Ich find's echt lieb, dass ihr euch solche Sorgen macht«, sagt Dina.
»Das ist doch selbstverständlich«, antwortet Conni. »Dann lass dich nicht länger vom Bügeln abhalten. Wir sehen uns morgen in der Schule.«
»Klaro!« Dinas Stimme klingt fröhlich. »Bis dann.«
»Bis dann.« Conni legt auf und lässt sich rückwärts in die Kissen sinken. »So ein Glück!«
Mau springt mit einem eleganten Satz auf das Bett und schnurrt ihr ins Ohr. Conni richtet sich auf und schiebt ihn sanft beiseite. »Gekuschelt wird später. Erst mal muss ich Anna Entwarnung geben.«
Während sie noch einmal Annas Nummer wählt, putzt Mau sich das Gesicht. Conni betrachtet ihn lächelnd. Er ist wirklich ein süßer kleiner Kater.
»Alles in Ordnung!«, ruft Conni sofort, als Anna abhebt.
»Echt wahr?«
»Ja!«
»Das ist genial.« Anna lässt ein Seufzen hören.
»Allerdings«, bestätigt Conni. »Jetzt muss Frau Stern auch noch immun sein. Dann ist alles gut.«
»Ja, hoffentlich«, sagt Anna. »Diese fiesen Röteln sollen mal schön bei Janette und Saskia bleiben.«
»Hihi«, kichert Conni. »Das find ich auch!«

Ein paar Tage später sitzen Janette und Saskia wieder auf ihren Plätzen. Sie sind zwar noch ein bisschen blass um die Nasen, aber davon abgesehen verhalten sie sich so zickig und hochnäsig wie vorher. Dafür fehlt Frau Stern.

»Wie ihr wisst, sind an unserer Schule einige Kinder an Röteln erkrankt«, sagt Herr Gunnarsson, als er an diesem Morgen vor der Klasse steht. »Die meisten von ihnen sind wieder gesund. Aus eurer Parallelklasse hat sich heute allerdings ein Junge mit Verdacht auf Röteln krankgemeldet. Weil meine Frau ein Kind erwartet, hat der Arzt ihr geraten, dass sie lieber zu Hause bleiben soll, solange noch Ansteckungsgefahr besteht. Der Kunstunterricht fällt deshalb vorläufig aus.«

Conni, Billi, Anna und Dina gucken sich erschrocken an.

»Hatte Ihre Frau denn noch keine Röteln?«, fragt Conni.

»Leider nein.« Herr Gunnarsson schüttelt den Kopf.

»Hat sie einen Test machen lassen?«, hakt Anna nach. »Vielleicht ist sie ja doch immun. Manche hatten als kleines Kind die Röteln, ohne es gemerkt zu haben.«

»Stimmt«, bestätigt Conni. »Das hat meine Mutter auch gesagt.«

»Ihr seid ja richtige Expertinnen«, lächelt Herr Gunnarsson.

»Meine Frau hat diesen Test natürlich sofort machen lassen. Sie hat keine Antikörper und ist daher nicht immun. Sie muss also sehr gut aufpassen, damit sie sich nicht ansteckt.«
»Alles Gute«, wünscht Dina.
»Richten Sie ihr schöne Grüße von uns aus«, bittet Billi.
»Das mach ich gerne«, verspricht Herr Gunnarsson.
»Von der ganzen Klasse«, fügt Phillip hinzu.
Herr Gunnarsson nickt.
Er sieht ziemlich besorgt aus, findet Conni. Kein Wunder …
Nach der Stunde gehen alle hinaus auf den Schulhof. Niemand mag sich so richtig darüber freuen, dass die Kunststunden ausfallen sollen.
»Hoffentlich hat Frau Stern sich nicht angesteckt«, meint Anna.
»Glaub ich nicht. Das wär bei dem Bluttest ganz bestimmt festgestellt worden«, erwidert Conni.
»Lasst uns einfach mal davon ausgehen, dass sie und ihr Baby gesund sind«, schlägt Billi vor. »Das nennt man positives Denken.«
»Ja, du hast Recht«, nickt Dina. »Sorgen helfen Frau Stern und Herrn Gunnarsson schließlich nicht weiter.«
Die Jungs haben sich einen Basketball geschnappt und werfen am anderen Ende des Schulhofs ein paar Körbe. Janette und Saskia sitzen nebeneinander auf einer Bank und halten ihre Gesichter in die Sonne. Wahrscheinlich um ihren blassen Teint aufzufrischen, vermutet Conni.
»Dass jetzt auch noch ein Junge aus der Parallelklasse krank geworden ist, ist echt krass. Ich dachte, die Sache wäre überstanden.« Anna wickelt ihr Pausenbrot aus und beißt ein großes Stück davon ab.

»Nur weil die Zicken wieder gesund sind, heißt das ja noch lange nicht, dass dieser blöde Rötelnvirus sich verkrochen hat.« Conni betrachtet den Apfel in ihrer Hand. »Nur gut, dass Dinas Mama immun ist. Wie geht's ihr denn jetzt?«
»Viel besser!« Dina strahlt. »Die Übelkeit hat aufgehört. Sie ist auch nicht mehr so müde. Im Gegenteil, sie fühlt sich total fit!«
»Das ist super.«
Dina nickt glücklich.
»Dann sollten wir wirklich aufhören, uns Sorgen um Frau Stern zu machen, und stattdessen unser positives Denken auf den Babysitterclub konzentrieren«, schlägt Billi vor. »Wir müssen unbedingt unsere Namensliste fortsetzen. Uns fallen bestimmt noch ein paar gute Namen ein.«
»Wir haben auch noch die DVDs aus der Bücherei«, bemerkt Anna. »Die Ausleihfrist läuft demnächst ab.«
»Dann werde ich meine Mutter nachher mal fragen, wann sie uns etwas über Babypflege und Erste Hilfe erzählen kann«, sagt Conni. »Habt ihr nächstes Wochenende schon was vor?«
Anna und Billi schütteln die Köpfe.
»Ich schon.« Dina wird ein bisschen verlegen. »Daniel hat am Sonntag Geburtstag. Er hat mich zum Kaffeetrinken eingeladen.«
»Oh, wie romantisch!«, ruft Anna sofort. »Nur ihr zwei bei Kuchen und Kerzenschein.«
»Seine Eltern und Geschwister sind natürlich auch dabei«, stellt Dina richtig.
»Was schenkst du ihm denn?«, will Billi wissen.
»Einen selbst gezeichneten Manga und eine Tafel von seiner Lieblingsschokolade«, antwortet Dina.

»Das ist soo romantisch!«, flötet Anna.
Conni und Billi grinsen.
»Dann treffen wir uns am besten am Samstag bei mir«, sagt Conni und beißt endlich in ihren Apfel. »Vielleicht dürft ihr ja sogar bei mir übernachten. Ich frag Mama mal. Dann kann sie uns nachmittags in Babykunde unterrichten und abends gucken wir uns eine DVD an und lesen uns die Bücher noch mal in Ruhe durch, bevor wir sie nächste Woche abgeben müssen.«
»Okay«, sagt Anna. »Ich bring die DVD, die Bücher, die Windeln und meine Babypuppen zum Üben mit. Hoffentlich kann meine Mutter mich fahren.«
»Ich hab gar keine Puppen. Geht zur Not vielleicht auch ein Teddy?«, fragt Billi.
»Na klar«, lacht Conni. »Hauptsache, er lässt sich wickeln und füttern.«
Es gongt. Die Jungs kommen über den Schulhof angetrabt. Phillip dribbelt den Basketball vor sich her. Paul versucht, ihm den Ball abzuluchsen, aber Phillip schlägt einen Haken und weicht ihm aus.
»Hey, Paul«, sagt Anna laut. »Hast du nächsten Samstag schon was vor?«
»Sag nicht, dass ihr ein Fußballspiel habt!«, ruft Conni.
Paul runzelt die Stirn. »Nö, ich hab nichts vor. Und nö, wir haben kein Spiel. Wieso?«
»Weil wir Sonnabend eine wichtige Veranstaltung haben«, erklärt Dina ihm. »Du weißt schon: unser Babysitterclub.«
»Ich bin dabei.« Paul zuckt mit den Schultern. »Hab ich doch gesagt.«
Die anderen Jungs grinsen.

»Perfekt!«, meint Conni. »Dann komm um drei zu mir rüber und bring bitte den ganzen Babykram mit, über den wir gesprochen haben. Fläschchen, Schnuller, Wanne, Strampelhosen … Hast du deine Mutter gefragt, ob wir die Sachen zum Üben ausleihen dürfen?«
»Sie hat nichts dagegen«, sagt Paul. »Marie allerdings schon.«
»Wieso das denn?«
»Na ja, es sind eigentlich ihre Sachen.«
»Sag ihr, dass wir ihr ein Eis spendieren«, seufzt Conni. »Von mir aus auch zwei.«
»Das wird sie garantiert überzeugen.« Paul grinst, während sie sich langsam in Bewegung setzen. Es hat schon zum zweiten Mal gegongt.

Als Conni mittags nach Hause kommt, ist niemand da. Mama hat ihren langen Praxistag. Sie kommt erst abends zusammen mit Papa von der Arbeit. Jakob fährt direkt nach der Schule zum Turnunterricht. Es ist ungewohnt, dass das Haus so still ist. Conni wirft ihren Rucksack in den Flur und geht in die Küche, um sich etwas zu essen aus dem Kühlschrank zu holen.
Mau hockt auf der Fensterbank und starrt hinaus. Conni begrüßt ihn, aber er achtet gar nicht auf sie. Erst als sie seinen Napf mit Trockenfutter füllt, schaut er sich um und spitzt die Ohren.
»Hi, Kater«, sagt Conni. »Hast du gar keinen Hunger?«
Anscheinend nicht. Mau wendet seinen Blick ab und schaut wieder hinaus.
»Dann eben nicht«, meint Conni. Sie legt eine Banane und ein paar Vollkornkekse auf ein Tablett, stellt eine Schale mit Erd-

beerquark und eine Flasche Saft dazu und balanciert alles hinauf in ihr Zimmer.

»Ein Picknick auf dem Bett ist immer richtig nett«, dichtet sie und macht es sich gemütlich. Die Hausaufgaben müssen noch ein bisschen warten. Sie hat schon so lange nichts mehr in ihr Tagebuch geschrieben.

Der letzte Eintrag liegt wirklich Ewigkeiten zurück, stellt sie fest, als sie das Büchlein aus seinem Versteck in der Nachttischschublade holt und darin blättert. Dabei ist inzwischen doch so viel passiert! Sie schiebt sich einen Keks zwischen die Zähne, nimmt einen Stift aus der Schublade und fängt an zu schreiben.

RÖTEL-ALARM!!!
Zuerst die Zicken, jetzt der Typ aus der Parallelklasse....
Wer wohl als Nächstes krank wird?
Hoffentlich niemand mehr.
Gut, dass ich geimpft bin! Röteln sind doof.
Am Wochenende tritt endlich unser BABYSITTERCLUB in Aktion. Es ist zwar noch kein Baby in Sicht, aber gute Vorbereitung ist alles!
Bestimmt müssen wir noch eine Menge lernen und viel üben, bis wir echte Profi-Babysitter sind.
Ich freu mich schon!

Conni lässt den Stift sinken. Sie freut sich wirklich auf das Wochenende. Nicht nur auf das Babysitter-Training, sondern auch darauf, dass Anna, Billi und Dina vielleicht bei ihr übernachten. Hoffentlich erlauben es Mama und Papa. Schließlich sind noch keine Ferien, sondern es ist nur ein ganz normales Wochenende. Bei dem Stichwort Ferien muss Conni an die Schule denken und in der nächsten Sekunde an die Hausaufgaben, die darauf warten, erledigt zu werden. Sie schließt das Tagebuch ab und legt es zurück in die Schublade.
»Wieso ist eigentlich noch niemand auf die Idee gekommen, einen vollautomatischen Hausaufgaben-Roboter zu erfinden?«, überlegt sie laut, während sie ihren Rucksack von unten holt. »Das wär's doch!«
Wenig später hockt sie an ihrem Schreibtisch und kämpft mit Zahlenkolonnen, Formeln und Vokabeln. Anschließend versucht sie, noch ein paar wichtige Geschichtsdaten für den nächsten Test auswendig zu lernen, aber irgendwie scheint die Aufnahmefähigkeit ihres Gehirns erreicht zu sein. Die Daten und Ereignisse wollen einfach nicht haftenbleiben. Zum Glück schreiben sie den Test erst Ende nächster Woche. Bis dahin hat sie noch genug Zeit zum Lernen.
Um es sich ein bisschen leichter zu machen, schreibt sie verschiedene Stichpunkte und die dazugehörigen Daten auf kleine Kärtchen und steckt diese in ihre Lernkartei. Das ist eine schmale Kiste, die sie selbst gebastelt und mit Blümchen und Sternen verziert hat. So kann sie zwischendurch immer mal eine Karte herausziehen und es auswendig lernen.
»Das mach ich so lange, bis alles sitzt!«, sagt Conni und klappt energisch ihr Geschichtsbuch zu.

***

Am Sonnabend steht Paul als Erster vor der Tür. Kein Wunder, schließlich wohnt er gleich nebenan und hat den kürzesten Weg. Dafür muss er ziemlich schwer tragen, bis er den »Babykrempel«, wie er es nennt, von seinem Haus ins andere geschleppt hat. Conni wirft einen Blick in die rosa Plastikbadewanne, in der sich Strampelanzüge, Stoffwindeln, Trinkfläschchen und alle möglichen anderen Dinge stapeln, die man für die Babypflege braucht.

»Wow, das ist ja cool!«, sagt sie.

Paul nickt.

»Meine Mutter hat mir auch noch ein paar Rezepte mitgegeben«, brummt er und zeigt mit dem Kinn auf einen zusammengefalteten Zettel, der zuoberst in der Wanne liegt.

»Rezepte?«, fragt Conni verwundert.

»Vollkornbrei, Obstsäfte, Babykekse und so was«, erklärt Paul. »Meine Mutter hat das früher alles selbst gemacht, als Marie und ich noch klein waren. Sie steht nicht so auf Fertigprodukte.«

»Zeig doch mal her!« Conni nimmt den Zettel aus der Wanne und faltet ihn auseinander. »Obstbrei, Vollmilch-Getreide-Brei … Hmm, das klingt sehr lecker. Aber werden Babys zuerst nicht nur gestillt?«

»Na klar«, sagt Paul, ganz der Fachmann. »Oder sie kriegen das Fläschchen. Mit Brei geht's erst los, wenn sie älter sind. Ab einem halben Jahr oder so.«

»Aber ausprobieren sollten wir die Rezepte trotzdem schon mal«, meint Conni und grinst. »Schließlich müssen wir doch wissen, womit wir unsere Kunden später füttern.«

»Auf der Rückseite stehen noch zwei Keksrezepte.« Paul grinst ebenfalls. »Die sind total oberlecker!«
Conni dreht den Zettel um.
»Bananenkekse und Vollkorntaler«, liest sie laut vor. »Dass die gut schmecken, glaub ich dir aufs Wort!«
»Warum steht ihr denn hier im Hausflur?« Mama lugt um die Ecke. »Wollt ihr nicht nach oben in dein Zimmer gehen?«
»Anna, Billi und Dina müssen jeden Augenblick hier sein«, erwidert Conni.
Paul balanciert die Babybadewanne immer noch vor sich her. »Ich kann ja die Sachen schon mal raufbringen«, schlägt er vor.
Conni ist einverstanden.
»Okay. Sobald die anderen da sind, kommen wir hinterher und fangen mit dem Üben an!«
Ihre Mutter lächelt. »Wir können die erste Übungsstunde auch gerne im Wohnzimmer abhalten. Ich glaub, da haben wir ein bisschen mehr Platz.«
»Cool, danke. Halt, Paul! Alles zurück!«, ruft Conni. »Du kannst die Wanne im Wohnzimmer abstellen.«
Paul steht schon auf der unteren Treppenstufe. Er dreht sich um und schnauft. »Hauptsache, ich muss den Kram nicht noch länger durch die Gegend schleppen. Meine Arme fühlen sich schon ziemlich gummimäßig an.«
»Armer Paul!«, kichert Conni.
Mama verschwindet wieder in der Küche.

Anna ist ebenfalls schwer bepackt, als sie ein paar Minuten später von ihrer Mutter vor der Hauseinfahrt abgesetzt wird. Statt einer Badewanne balanciert sie einen riesigen Pappkarton vor sich

her. Ihre Schlafsachen hat sie in einen großen, bunt karierten Rucksack gestopft.
Billi und Dina kommen fast gleichzeitig mit ihr an. Auch sie haben ihre Übernachtungsrucksäcke dabei. Herr Verdi, Billis Vater, lässt die beiden aussteigen. Er winkt Conni zu und braust schon wieder davon.
»Hi!«, ruft Conni ihren Freundinnen zu. »Kommt rein! Paulchen ist auch schon da.«
»Unser Quotenmann«, grinst Billi.
»Was heißt das?«, fragt Dina.
»Weiß ich auch nicht so genau«, gibt Billi zu. »Ich glaub, das hat was mit Gleichberechtigung zu tun. Unser Babysitterclub besteht ja eigentlich nur aus Mädchen, aber damit die armen Jungs sich nicht ungerecht behandelt fühlen, darf Paul mitmachen.«
»Dann ist er aber eher so etwas wie ein Quotenjunge.« Dina lacht.
»Ja, genau«, bestätigt Billi.
»Hey!«, ruft Paul. »Redet ihr etwa über mich?«
»Nö. Wie kommst du denn darauf?« Billi verkneift sich ein Kichern.
Es gibt ein kurzes Gerangel, weil sich Annas Karton verkantet hat und die Haustür blockiert, aber irgendwie schaffen sie es schließlich, ihn freizubekommen. Conni und Paul ziehen von innen. Anna, Billi und Dina schieben von außen.
»Hattet ihr keinen kleineren?«, beschwert sich Paul.
»Nein«, sagt Anna.
»Entspannt euch«, empfiehlt Billi.
Dina und Conni wechseln einen Blick und lächeln.
»Was ist denn dadrin?«, will Jakob wissen, der von irgendwoher

aufgetaucht ist. Er ist mit zwei Freunden aus seiner Klasse auf dem Spielplatz verabredet und schlüpft gerade in seine Turnschuhe.
»Babypuppen und Windeln«, sagt Anna und zwinkert ihm zu.
»Örks!« Jakob gibt ein Würgegeräusch von sich und quetscht sich so schnell an dem Pappkarton vorbei, als würde der radioaktives Material enthalten.
Die anderen lachen.
Als Nächster taucht Connis Vater in dem engen Flur auf. Er trägt einen Stapel Aktenordner vor sich her und stolpert beinahe über Annas Karton und die dicken Rucksäcke.
»Achtung!«, ruft Paul.
»Hoppala!«, entfährt es Herrn Klawitter. »Was ist denn hier los?«
»Wir sind die Babysitter & Co KG«, sagt Paul wichtig.
»KG steht für Kinderglück«, erklärt Anna.
»Und was ist in dieser Kiste?«, fragt Connis Vater. Seine Miene ist leicht verwirrt.
»Nur Babykram«, sagt Conni schnell. Sie schiebt den Pappkarton mit dem Fuß ins Wohnzimmer, wo er nicht mehr im Weg steht.
»Aha«, macht Papa. »Kann mir bitte mal jemand die Kellertür aufmachen?«
»Ja, klar.« Conni schlüpft an ihm vorbei. Sie öffnet die Tür und knipst das Licht an. »Was hast du vor?«
»Steuerunterlagen sortieren«, ächzt Papa.
»Viel Spaß«, wünscht Conni.
»Euch auch!« Stufe für Stufe tastet sich ihr Vater die steile Kellertreppe hinunter und verschwindet in dem kleinen, gemütlichen Arbeitszimmer, das er sich dort unten eingerichtet hat.

»Ich lass das Licht an!«, ruft Conni ihm hinterher.
»Danke!«, kommt es zurück.
Anna, Billi, Paul und Dina haben in der Zwischenzeit die Babykiste ins Wohnzimmer getragen und neben der Wanne abgestellt. Anna öffnet den Karton und greift hinein.
»Das ist Max«, sagt sie und präsentiert den anderen eine fast lebensgroße Babypuppe mit Schlafaugen.
»Der ist ja knuffig«, sagt Dina. »Er sieht wie ein echtes Baby aus!«
Anna drückt ihr Max in den Arm. Aus dem Bauch der Puppe kommt ein leises Greinen.
»Eine Stimme hat er auch«, grinst Billi.
»Natürlich«, nickt Anna stolz.
Conni holt eine etwas kleinere Version von Max aus der Kiste und wiegt die Puppe im Arm.
Paul studiert mit fachmännischem Blick die Windelpackung.
Unbemerkt von ihnen kommt Connis Mutter ins Wohnzimmer und schaut ihnen über die Schultern.
»Das ist ja die perfekte Erstausstattung! Wollen wir anfangen? Habt ihr euch schon überlegt, was ihr alles wissen möchtet?«
»Alles, was wir brauchen, um perfekte Babysitter zu werden«, antwortet Conni. »Paul hat übrigens ein paar Plätzchenrezepte mitgebracht. Dürfen wir eins davon nachher ausprobieren?«
»Natürlich.« Mama nickt. »Aber zuerst die Arbeit –«
»– und dann die Kekse!«, vollendet Paul den Satz. »Komisch. Das sagt meine Mutter auch immer.«

Zwei Stunden später schwirren Conni und ihren Freundinnen die Köpfe. Paul hat sich schon verabschiedet und ist nach Hause gegangen, um sich im Fernsehen eine Fußball-Live-Übertragung anzuschauen. Vorher hat er sich allerdings als echter Profi erwiesen. Er konnte Max auf Anhieb eine Windel richtig herum anlegen und hat sich die Babypuppe anschließend über die Schulter gelegt, als würde er den ganzen Tag nichts anderes machen, als quengelnde Babys durch die Gegend zu tragen. Er hatte auch kein Problem damit, die Puppe zu füttern, Max an- und wieder auszuziehen und ihn mit dem richtigen Griff beim Baden sicher über Wasser zu halten.

Die Mädchen haben gestaunt. Connis Mutter auch.

Paul hat nur gegrinst.

Als Frau Klawitter ihnen anschließend einige Notsituationen geschildert hat, waren sie sich schnell einig, dass es das Beste ist, immer sofort einen Notarzt anzurufen. Sie haben trainiert, wie man sich am Telefon richtig meldet, den Notfall sachlich schildert und die Zeit überbrückt, bis der Arzt da ist.

»Die Notrufnummer 112 gilt in ganz Europa. Da wird man automatisch mit einer Zentrale verbunden, die dann einen Rettungswagen, die Polizei oder die Feuerwehr in der Nähe alarmiert«, erzählt Anna jetzt. »Ganz schön praktisch, oder?«

»Ja, schon«, meint Conni. »Trotzdem hoffe ich, dass wir diese Nummer nie wählen müssen.«

Sie steht mit den anderen in der Küche und studiert Pauls Zettel, den er dagelassen hat.

»Willst du das Rezept etwa auswendig lernen?«, fragt Billi belustigt.

»Natürlich nicht, du Scherzkeks.« Conni gibt ihr einen kleinen Stups und wedelt mit dem Blatt Papier. »Ich frag mich nur, welche wir zuerst backen wollen. Die Vollkorntaler oder die Bananenkekse?«

»Welche sind denn einfacher?«, fragt Dina zurück.
»Die sind beide total simpel«, meint Conni.
»Ich bin für Banane.« Anna lugt in den Obstkorb, der auf dem Kühlschrank steht. »Reichen zwei?«
»Eine große genügt«, sagt Conni. »Außerdem brauchen wir noch 100 Gramm Butter und 200 Gramm Vollkornmehl, am besten Dinkel.«
»Mehr nicht?« Billi kräuselt die Nase.
Conni wendet den Zettel hin und her. »Nein, anscheinend nicht. Ich sag doch, dass die Dinger simpel sind. Wir müssen nur die Banane mit einer Gabel zerdrücken, die Butter und das Mehl dazugeben und alles gut miteinander verkneten. Anschließend muss der Teig für eine halbe Stunde in den Kühlschrank.«
»Und dann?«, fragt Dina.
»Dann formt man kleine Kekse und backt sie für eine Viertelstunde bei 200 Grad Umluft im Ofen.«
»Das ist ja babyleicht!«, ruft Anna.
»Sind ja auch Babykekse«, grinst Conni.
Sie machen sich an die Arbeit. Der Teig ist wirklich im Handumdrehen fertig. Um die halbe Stunde Wartezeit zu überbrücken, die er im Kühlschrank liegen muss, spielen sie am Küchentisch ein paar Runden Mau-Mau.
»Echt lustig. Ein Kartenspiel, das wie deine Katze heißt«, meint Dina. Sie presst ihre Karten fest an sich, damit ihr ja keiner ins Spiel gucken kann.
»Mau-Mau!«, ruft Billi. Sie knallt ihre letzte Karte auf den Küchentisch.
»Glückwunsch«, sagt Conni. »Noch mal?«

»Klar!«
Als die Kekse im Ofen sind, hockt sich das Kleeblatt vor die Glasscheibe. Conni schnuppert wie ein Hase. »Hoffentlich schmecken die so gut, wie sie riechen.«
»Bestimmt!«, erwidert Anna überzeugt.

Mit einem kleinen Teller voller Kekse und zwei Flaschen Saft machen sie es sich wenig später in Connis Zimmer gemütlich. Vorher haben sie Frau Klawitter ein paar Plätzchen ins Wohnzimmer gebracht, als Dankeschön für den tollen Unterricht. Auch Connis Papa haben sie eine Kostprobe serviert. Er hat allerdings kaum aufgeschaut, sich nur murmelnd bedankt und die Nase sofort wieder in die Akten versenkt.
»Meine Eltern gucken auch immer so, wenn sie sich um die Steuersachen kümmern«, kichert Billi. Sie hockt im Schneidersitz auf Connis Bett und probiert einen Keks.
Conni sitzt neben ihr. Anna und Dina haben sich auf dem weichen Teppich vor dem Bett ausgebreitet.
»Viele sind es ja nicht gerade«, meint Anna und mustert den Teller, auf dem höchstens zwei Hände voll Plätzchen liegen.
»Dafür sind die Dinger aber ziemlich lecker«, stellt Billi kauend fest.
»Nächstes Mal verdoppeln wir die Zutaten einfach«, schlägt Conni vor. »Heute war ja sowieso erst mal nur zur Probe. Außerdem gibt's nachher noch Abendbrot. Wollen wir bis dahin eine DVD gucken?«
»Lieber später«, meint Dina. Sie hat ihr Skizzenbuch dabei und kritzelt darin herum.
»Einverstanden.« Conni nickt. »Dann haben wir bis zum Abend-

essen noch ein bisschen Zeit, um unsere Namensliste zu vervollständigen. Sind euch noch welche eingefallen?«
Sie springt auf und angelt den Collegeblock und einen Stift von ihrem Schreibtisch.
»Bodo«, mümmelt Billi.
»Anselm«, kichert Anna.
»Lilifee«, grinst Conni. »Falls es ein Mädchen wird und auf Rosa steht.«
Dina zeichnet unbeirrt weiter.
»Spart euch die Mühe«, murmelt sie beiläufig. »Meine Eltern haben sich längst entschieden.«
»W-was? Und das sagst du uns jetzt erst?« Anna reißt die Augen auf.
Conni und Billi gucken sich an.
»Und wie soll es heißen?«, fragt Conni schließlich.
Dina schaut auf und lächelt wie eine Sphinx.
»Das«, sagt sie und macht eine kleine Pause, »ist natürlich unser Familiengeheimnis!«

In der darauffolgenden Woche geht in der Schule alles seinen gewohnten Gang. Doch eines Morgens ist etwas anders.
»Habt ihr schon gehört?«, schnappt Conni im Vorbeigehen im Flur auf. »Frau Stern ist wieder da.«
Sie läuft ein bisschen schneller. Ihre Freundinnen schauen auf, als sie in die Klasse kommt.
»Ist was?«, fragt Anna.
»Frau Stern ist wieder da!« Conni wirft ihren Rucksack auf den Tisch.
»Cool«, meint Anna. »Hast du sie gesehen?«
»Nö.« Conni schüttelt den Kopf.
»Nicht, dass es nur ein Gerücht ist«, sagt Dina.

Es ist kein Gerücht. Das bestätigt Herr Gunnarsson, als er etwas verspätet um die Ecke biegt und seine Lehrertasche auf das Pult legt. In den letzten Tagen war sein Gesicht ziemlich sorgenvoll gewesen, an manchen Tagen sogar richtig faltig. Heute sind die Falten wie weggebügelt. Bis auf die kleinen Lachfältchen neben den Augen natürlich. Aber die gehören genauso zu ihm wie sein Pferdeschwanz und das witzige Piratenbärtchen am Kinn.
»Ja, Frau Stern ist wieder da«, lächelt er, als Anna ihn danach

fragt. »Ihr und dem Baby geht es bestens. Es ist auch kein neuer Rötelfall an unserer Schule aufgetreten. Alles ist gut.«
Die Klasse applaudiert.
Herr Gunnarsson bedankt sich. Vor lauter Freude vergisst er großzügig, dass sie heute eigentlich eine schriftliche Wiederholung schreiben wollten. »Den Test verschieben wir«, sagt er. »Morgen ist schließlich auch noch ein Tag.«
»Krass!«, ruft Paul.
»Wann geht Frau Stern denn in den Mutterschutz?«, will Billi wissen.
Herr Gunnarsson nennt einen Termin. Und er hat noch eine Überraschung parat: »Vielleicht wisst ihr, dass heutzutage auch Väter Elternzeit nehmen können, damit sie sich um ihr Kind kümmern können?«
»Klar«, sagt Conni. »Warum auch nicht?«
Die anderen sind ganz ihrer Meinung.
»Frau Stern und ich haben beschlossen, uns die Elternzeit zu teilen«, erzählt Herr Gunnarsson. »Sie geht in den Mutterschutz und bleibt nach der Geburt ein halbes Jahr zu Hause. Anschließend bin ich dann dran.«
»Wie jetzt?«, fragt Janette ungläubig. »Sie bleiben bei dem Baby?«
»Ganz genau.« Herr Gunnarsson nickt vergnügt. »Und ich freu mich schon tierisch darauf!«
Alle schnattern jetzt durcheinander.
»Cool!«, sagt Conni.
»Und was wird aus uns?«, fragt Phillip. »Also nicht, dass es mir etwas ausmachen würde, ein halbes Jahr auf Mathe und Englisch zu verzichten …«
»Da muss ich dich leider enttäuschen.« Herr Gunnarsson grinst,

was seinem Gesicht einen sehr jungenhaften Ausdruck verleiht. »Ihr werdet mit Sicherheit eine Vertretung bekommen. Vielleicht arbeite ich aber auch in Teilzeit. Das steht alles noch nicht ganz fest. Keine Angst, ihr werdet es rechtzeitig erfahren.«
»Hammer!«, entfährt es Paul.
»Das kannst du laut sagen«, brummt Mark.
»Also, ich finde das echt klasse«, meint Anna. »Es ist wirklich höchste Zeit, dass die Väter auch mal volle Windeln wechseln und sich um die Kinderbetreuung kümmern!«
Niemand widerspricht ihr. Nur Janette und Saskia gucken ein bisschen verstört. Fast so, als würden sie Herrn Gunnarsson plötzlich mit ganz anderen Augen sehen oder es ihm nicht zutrauen, ein kleines Baby zu versorgen.
»Ich mach das später auch so«, sagt Tim. »Warum dürfen immer nur die Frauen daheimbleiben und sich einen lustigen Tag auf dem Spielplatz machen?«
»Du hast doch keine Ahnung!«, kontert Paul sofort. »Ein Baby hält dich rund um die Uhr auf Trab. Auch nachts. Von wegen, gemütlich zu Hause bleiben und ab und zu mal mit dem Kinderwagen durch den Park schieben … So läuft das echt nicht!«
»Du musst es ja wissen«, feixt Tim.
»Weiß ich auch«, nickt Paul.
»Auf jeden Fall habt ihr ab sofort wieder Kunstunterricht«, beendet Herr Gunnarsson die Diskussion. »Frau Stern freut sich schon auf euch.«
»Und wir uns auf sie«, sagt Conni lächelnd.
»Wollen Sie eigentlich gar nicht heiraten?«, fragt Anna plötzlich. Sie wird ein bisschen rot, als ob ihr die Frage nur aus Versehen laut herausgerutscht ist. »Also, Sie müssen nicht darauf ant-

worten«, schiebt sie schnell hinterher. »Falls Ihnen das Thema zu persönlich ist oder so.«
»Doch, wir werden heiraten«, erwidert Herr Gunnarsson schmunzelnd. »Aber erst, wenn das Baby da ist. Beantwortet das deine Frage einigermaßen?«
»Ja, danke.« Annas Wangen werden noch einen Hauch röter. Conni, Billi und Dina grinsen.
»Und jetzt holt bitte eure Bücher heraus«, ordnet Herr Gunnarsson an. »Sonst ist der Vormittag vorbei und wir haben nichts geschafft!«

***

Nach der sechsten Stunde steht Frau Dosso vor der Schule. Sie trägt zwei Einkaufstaschen und strahlt über das ganze Gesicht. Unter ihrer bunten Bluse zeichnet sich deutlich ein Babybauch ab.
Richtig gut sieht sie aus, stellt Conni fest. Frisch und rosig, wie ein Apfel.
»Wow, es ist nicht mehr zu übersehen, dass deine Mama ein Baby bekommt«, sagt Billi zu Dina.
»Jetzt dauert es ja auch gar nicht mehr lange«, lacht die. Sie hüpft ein paar Schritte voraus und strahlt dabei genauso wie ihre Mutter.
Paul eilt ihr hinterher und nimmt Frau Dosso schnell die beiden Einkaufstaschen ab. »Sie sollen doch bestimmt nicht mehr so schwer tragen, oder?«, sagt er. Es klingt fast ein bisschen vorwurfsvoll.
Conni, Billi und Anna wechseln einen Blick und prusten los.
»Danke, Paul. Das ist sehr nett von dir.« Frau Dosso lächelt.

»Gerne doch«, grinst Paul.
»Was machst du denn hier?«, will Dina wissen.
»Ich hab ganz in der Nähe ein paar Besorgungen gemacht und dachte, ich hol dich einfach mal von der Schule ab.«
»Cool!«, sagt Dina.
Die anderen begrüßen ihre Mutter.
»Das ist ja der komplette Babysitterclub! Wie schön«, freut die sich.
»Na ja, wir drei gehören eigentlich nicht dazu«, gesteht Phillip. Tim und Mark stehen neben ihm und nicken verlegen.
»Das macht doch nichts. Ich find's trotzdem schön, euch alle zu sehen.« Frau Dosso kramt den Autoschlüssel aus ihrer Handtasche und klimpert damit. »In welche Richtung müsst ihr? Können wir vielleicht jemanden mitnehmen?«
»Nein, danke«, sagt Paul. »Wir haben alle unsere Räder hier oder werden abgeholt. Aber ich trag Ihnen die Sachen natürlich noch gerne bis zu Ihrem Auto. Gar kein Problem.«
»Du bist ja ein richtiger Kavalier!« Frau Dosso zwinkert ihm zu.
Paul wird knallrot und stolpert mit den Einkaufstaschen voraus.
Dina und ihre Mutter verabschieden sich von den anderen und beeilen sich, ihn einzuholen.
»Tschüss, Dina! Tschüss, Frau Dosso!«, ruft Billi und winkt.
»Alles Gute!«, fügen Conni und Anna fast gleichzeitig hinzu.
»Danke schön!«, ruft Frau Dosso zurück.
»Wenn das keine glückliche Familie ist«, seufzt Billi.
Conni nickt. »Und bald kommt noch ein neues Mitglied dazu.«
»Das ist so süß!«, sagt Anna gerührt.

Phillip gibt Conni einen kleinen Stups. »Musst du dich heute Nachmittag um wichtige Babyangelegenheiten kümmern?«
Conni runzelt die Augenbrauen. Schwingt in seiner Bemerkung etwa ein klitzekleiner Anflug von Eifersucht mit? Fühlt er sich womöglich vernachlässigt, weil sie im Moment mehr Zeit mit Anna, Billi, Dina und Paul verbringt als mit ihm?
Sie erwidert seinen Blick forschend. Nein, da ist nichts. Keine Spur von Eifersucht, Vernachlässigung oder anderen blöden Gefühlen. Phillip lächelt sie ganz offen an und wartet offenbar auf eine Antwort.
»Heute ausnahmsweise mal nicht«, sagt sie.
Phillip lächelt. »Das heißt also, dass wir vielleicht irgendwas zusammen unternehmen können?«
»Klar, warum nicht? Woran dachtest du denn?«, erkundigt sich Conni neugierig.
»Kino? Schwimmbad? Eine Radtour? Einmal zum Mond und wieder zurück?«, schlägt Phillip vor.
Conni lacht.
Sie schlendern mit den anderen zu den Fahrrädern.
»Denk dir was Schönes aus«, gibt Conni zurück. »Ich liebe Überraschungen!«
»Ich bin um drei bei dir«, sagt Phillip. Er zwinkert ihr zu und schwingt sich auf sein Rennrad.
»Eine Überraschung? Wie romantisch!«, flötet Anna.
»Ja, das finde ich auch.« Conni setzt ihren Fahrradhelm auf, klickt den Verschluss unter dem Kinn zu und zieht anschließend ihr rotes Mountainbike aus dem Ständer. »Wir sehen uns dann morgen. Ciao!«
»Ciao!«, ruft Billi. »Viel Spaß!«

***

Als Phillip pünktlich um drei vor der Haustür steht, ist Conni schon richtig zappelig vor lauter Aufregung. Die ganze Zeit – vom Heimweg von der Schule über das Mittagessen bis jetzt – hat sie sich den Kopf darüber zerbrochen, was er sich wohl für den Nachmittag ausgedacht hat. Natürlich konnte sie sich unter diesen Umständen nicht auf die Hausaufgaben konzentrieren. Sie hat den bloßen Gedanken daran sehr erfolgreich verdrängt und stattdessen stundenlang vor ihrem Kleiderschrank gestanden, sich die Haare gerauft und überlegt, was sie anziehen soll. Das war gar nicht so einfach, ohne einen Schimmer davon zu haben, was sie erwartet. Zwischen einem schnöden Kinobesuch und einer abenteuerlichen Mondfahrt liegen immerhin Welten.

Irgendwann hat sie sich für ihre Lieblingsjeans, Turnschuhe und ein langärmeliges T-Shirt mit Sternchenprint entschieden. Das T-Shirt ist himbeerrot und noch ganz neu. Anschießend hat sie sich die Haare über Kopf gebürstet, bis sie geknistert und fast Funken gesprüht haben, und ein bisschen Lipgloss aufgelegt.

Die restliche Zeit hat sie damit verbracht, in ihrem Zimmer auf und ab zu laufen und immer wieder aus dem Fenster zu schauen, ob Phillip vielleicht schon da ist.

»Hi!«, sagt sie jetzt und reißt die Tür so schwungvoll auf, dass Phillip erschrocken zurückweicht.

»Selber hi!«, erwidert er.

»Muss ich irgendwas mitnehmen?«, will Conni wissen.

»Ein Fahrrad wäre ganz praktisch«, antwortet er. »Es sei denn, du möchtest ein paar Kilometer zu Fuß gehen. Leider kann

ich dir keine Mitfahrgelegenheit anbieten. Mein Rad hat zwar 16 Gänge, aber keinen Gepäckträger.«
Conni wirft einen Blick über seine Schulter. Phillips Rennrad lehnt am Gartenzaun.
»Okay«, murmelt sie. Sie zieht die Haustür hinter sich ins Schloss und schließt ab. »Sonst nichts? Ein bisschen Proviant vielleicht? Etwas zu trinken?«
»Nicht nötig.« Phillips Miene ist undurchdringlich.
Conni versenkt den Hausschlüssel in ihrem kleinen Rucksack, den sie sich über die Schulter wirft.
»Mein Rad steht in der Garage. Bin gleich da«, sagt sie.
»Ich warte hier.« Phillip geht zu seinem Rad und verschränkt die Arme vor der Brust.
Conni verschwindet in dem Unterstand. Sie zieht die Stirn in krause Falten. Was hat er nur vor? Eine Radtour ist ja nun wirklich nichts Außergewöhnliches. Ein bisschen mehr Fantasie hätte sie ihm schon zugetraut.
»Warten wir's ab«, brummelt sie und schiebt ihr Rad hinaus.
Zehn Minuten später ahnt sie, wohin der Ausflug gehen soll. Phillip ist ohne ein Wort losgefahren. Sie ist ihm ebenso wortlos gefolgt. Jetzt rollen ihre Räder auf einem asphaltierten Radweg nebeneinanderher, der aus der Stadt hinausführt.
Der Weg verläuft schnurgerade. Conni hat das Gefühl, als würde ihr Rad auch ohne sie einfach weiterfahren. Um es auszuprobieren, löst sie die Hände vom Lenker und fährt ein Stück freihändig. Sie spürt die Sonne auf der Haut. Ihre Haare flattern im Wind. Es fühlt sich schön an.
»Du siehst hübsch aus«, stellt Phillip fest. Er mustert sie von der Seite.

»Danke.« Conni nimmt schnell die Hände wieder an den Lenker. Nicht, dass Phillips Kompliment sie noch aus der Spur bringt! Direkt neben dem Radweg verläuft ein Graben. Er ist voller Brennnesseln. Sie legt keinen gesteigerten Wert darauf, mit den Dingern Bekanntschaft zu schließen.
In der Ferne taucht ein großer Wald auf.
»Wir fahren also an den See?«, fragt Conni. Sie gibt sich große Mühe, es nicht allzu enttäuscht klingen zu lassen. So ganz gelingt es ihr nicht.
»Lass dich überraschen«, sagt Phillip nur.
Der Parkplatz am Waldsee ist fast leer. Sie stellen ihre Räder nebeneinander und schließen sie mit einer Kette zusammen.
»Und jetzt?«, fragt Conni.
»Komm mit!« Phillip nimmt ihre Hand.
Conni stolpert neben ihm her.
Meine Güte, denkt sie. Er macht es aber wirklich spannend!
Sie laufen ein paar Meter geradeaus, dann bleibt Phillip plötzlich mitten auf dem Weg stehen.
»Und jetzt mach die Augen zu«, sagt er.
»Wie bitte?«
»Mach die Augen zu«, wiederholt Phillip geduldig.
»Wozu?«
»Vertrau mir einfach!«
Conni schiebt die Augenbrauen zusammen. Phillip gehört nicht zu den Jungs, die Spaß daran haben, Mädchen mit irgendwelchen blöden Streichen zu veräppeln. Aber soll sie ihm wirklich blind folgen? Was, wenn er heute seinen drolligen Tag hat? Er könnte sie in den See schubsen, das Ganze mit seinem Handy aufnehmen und das Video bei seinen Freunden rumzeigen.

Nein, Unsinn, schimpft sie mit sich selbst. Phillip ist nicht so einer! Sie schließt die Augen und seufzt.
Phillip hat ihre Hand nicht losgelassen. Jetzt drückt er sie.
»Los geht's«, sagt er und zieht sie hinter sich her.
Conni spürt ihr Herz klopfen. Unter ihren Füßen knacken kleine Zweige. Irgendwo keckert ein Eichhörnchen. Der Wind rauscht in den Bäumen. Kommt es ihr nur so vor oder nimmt sie die Geräusche mit einem Mal viel intensiver wahr? Auch die Gerüche des Waldes – der feuchte Boden, die Pilze, die Bäume, der See – kommen ihr plötzlich stärker vor.
»Wahnsinn«, murmelt sie.
»Hey, mogelst du etwa?«, fragt Phillip. »Nicht gucken!«
»Ich guck ja gar nicht!«, protestiert Conni.
»Wehe!«, kommt es von Phillip.
Conni hat inzwischen vollkommen die Orientierung verloren. Es kommt ihr fast so vor, als liefen sie im Kreis. Führt er sie in Richtung See oder davon weg? Sie hat keinen Schimmer.
»Sind wir bald da?«, fragt sie nach einer halben Ewigkeit.
Phillip antwortet nicht, sondern stapft unbeirrt weiter.
Conni bleibt nichts anderes übrig, als mitzugehen. Sie unterdrückt den Impuls, stehen zu bleiben und die Augen zu öffnen.
Endlich hält Phillip an. Conni hört das Gluckern des Sees und das leise Schmatzen der Wellen, die ans Ufer schwappen. Sie müssen ganz in der Nähe des Wassers sein. Phillip hat sie also doch nicht im Kreis herumgeführt.
»Darf ich jetzt die Augen wieder aufmachen?«, fragt sie.
»Wenn du möchtest, bitte sehr.« Phillip lässt ihre Hand los.
Conni blinzelt. Zuerst erkennt sie gar nichts, weil die Sonne sie blendet. Dann sieht sie die kleine halbmondförmige Bucht, in

der sie stehen, und den See, der sich glitzernd vor ihnen ausbreitet. Hätte sie nur einen weiteren Schritt gemacht, hätte sie nasse Füße bekommen.
»Wie schön!«, sagt sie und meint es auch so.
Phillip hat sie in ihre geheime Lieblingsbucht geführt, in die sich außer ihnen kaum jemand verirrt, weil sie so versteckt liegt. Aber soll das die ganze Überraschung sein?
»Tada!«, ruft Phillip plötzlich.
Conni dreht sich um und hält die Luft an. Nicht der See und die Bucht sind die Überraschung, sondern das, was Phillip an dieser versteckten Stelle vorbereitet hat.
»Ein Picknick? Wie cool ist das denn!« Conni schlägt die Hände zusammen.
Phillip strahlt.
»Frag mich nicht, wie ich das alles hierhergeschafft habe«, sagt er.
»Bestimmt nicht mit deinem Rennrad«, grinst Conni.
»Nicht ganz«, bestätigt Phillip. »Die Anglerstühle stehen sonst im Bootshaus. Die anderen Sachen musste ich im Rucksack transportieren und hierher schleppen.«
Er nimmt ihre Hand und führt sie zu einem witzigen Klappstuhl mit breiten Armlehnen und einem extra Getränkehalter. Daneben steht ein zweiter, genauso komfortabel ausgerüsteter Stuhl. Auf einer froschgrünen Picknickdecke liegen Äpfel, zwei Bananen und eine Handvoll Weintrauben. In einer Schale türmen sich Butterkekse, in einer anderen Gummibärchen.
Conni entdeckt eine verschlossene Plastikdose mit Kartoffelsalat, bunt bedruckte Pappteller, Besteck, eine große Flasche Limo und eine Bäckertüte mit verschiedenen Partybrötchen.
»Wow! Das ist ja wirklich –«, setzt sie an. Plötzlich fehlen ihr

die Worte. Phillip grinst so süß. Sie kann nicht anders und gibt ihm einen Kuss. »So eine tolle Überraschung hat mir noch nie jemand gemacht!«
Phillip reibt sich verlegen die Wange. Sein Grinsen wird noch breiter. »Willst du dich nicht hinsetzen?«, fragt er und zeigt auf einen Stuhl.
»Doch, klar.«
Während Phillip den Kartoffelsalat auf zwei Teller füllt, lässt Conni sich in den Stuhl fallen. Er ist genauso gemütlich, wie er aussieht. Sie streckt die Beine aus und seufzt behaglich. Ein Picknick am See ... Das ist echt romantisch. Viel romantischer als ein Flug zum Mond.
Phillip reicht ihr den Teller und legt noch ein Brötchen dazu. Anschließend fragt er sie, was sie trinken möchte.
»Limo. Oder hast du noch was anderes?«
»Klar.« Phillip geht ans Ufer und zieht an einer Schnur.
Conni staunt nicht schlecht, als kurz darauf ein paar Flaschen zum Vorschein kommen. Phillip löst eine von der Schnur und präsentiert sie, als wäre es kein Kakao, sondern teurer Wein.
»Seegekühlter Kakao«, sagt er mit wichtiger Miene. »Eine Spezialität unseres Hauses.«
»Zum Kartoffelsalat nehm ich lieber Limo. Die Spezialität des Hauses kannst du dann zum Dessert servieren.«
»Öhm, Dessert?« Phillip vergisst seine Rolle als Oberkellner und runzelt die Stirn.
Conni lacht. »Gummibärchen und Butterkekse! Oder sind die etwa nur zum Angucken da?«
»Nee, natürlich nicht.« Phillip stellt die Kakaoflasche wieder ins flache Wasser, schenkt zwei Becher Brause ein und lässt

sich in den Stuhl neben Conni fallen. Eine Weile schauen sie schweigend auf das glitzernde Wasser.
Conni lächelt.
Als plötzlich Phillips Magen laut knurrt, prusten sie beide gleichzeitig los.
»Wir sollten vielleicht was essen«, schlägt Conni vor.
»Bevor die Ameisen kommen«, nickt Phillip.
Sie stoßen mit ihren Pappbechern an. Conni trinkt einen Schluck. Die Limo schmeckt zitronig und süß zugleich, richtig lecker.
»Danke für das tolle Picknick«, sagt sie.
»Gerne«, erwidert Phillip grinsend. »Und jetzt hau rein!«

In den nächsten Wochen geschieht nichts Besonderes. Conni ist das ganz recht. Die Lehrer verlangen in diesem Halbjahr vollen Einsatz. Es werden haufenweise Tests und Klausuren geschrieben. Referate müssen vorbereitet und gehalten werden. Es gibt wirklich viel zu tun.

Zum Glück sehen Phillip und sie sich jeden Tag in der Schule, sonst wäre es kaum auszuhalten. Die Freizeit ist wirklich knapp. Conni weiß manchmal kaum noch, wo ihr der Kopf steht. Trotzdem schaffen es die Mitglieder des Babysitterclubs, sich zu treffen. Schließlich erfordern die Aufgaben, die vor ihnen liegen, eine perfekte Vorbereitung.

Besonders Paul nimmt die Mission sehr ernst und achtet darauf, dass alle am Ball bleiben.

»Ein gutes Training ist das halbe Spiel«, betont er immer wieder, oder: »Ohne Einsatz kein Pokal!«

Conni findet das ein bisschen übertrieben. Es geht ja nicht um ein Fußballspiel oder eine Weltmeisterschaft, sondern darum, Dinas Geschwisterchen zu betreuen und ein bisschen zu verwöhnen, wenn es erst einmal auf der Welt ist. Und natürlich geht es auch darum, Frau Dosso zu entlasten, kleine Besorgungen für sie zu machen und andere Dinge zu erledigen. Neulich haben sie die Fenster für sie geputzt. Paul hat Getränkekisten geschleppt. Dinas Mutter war ganz gerührt. »Mein Bauch ist inzwischen so groß, dass er mir ständig im Weg ist«, hat sie geseufzt.

Der Club hat sich abwechselnd bei allen Mitgliedern verabredet. Heute ist Dina an der Reihe.

Am Vormittag in der Schule haben sie beschlossen, dass sie noch einmal das Windelwechseln, das Zubereiten eines Fläschchens und das richtige Füttern üben wollen.

Anna hat ein paar Probetütchen mit Babybrei in einem Drogeriemarkt in der Stadt ergattert, die sie mitbringen will. Conni hat von ihrer Mutter ein Sortiment verschiedener Milchzubereitungen bekommen. Außerdem hat Dinas Mutter ihnen erlaubt, das zweite Backrezept auszuprobieren.

Conni hat das Rezept und alle Zutaten in ihrem Rucksack, als sie an Dinas Haustür klingelt.

Dina lebt mit ihren Eltern in einem Mehrfamilienhaus. Es dauert ein Weilchen, bis der Türöffner schnarrt. Conni schlüpft in den Hausflur und nimmt die paar Stufen zu Fuß. Die Wohnungstür steht sperrangelweit offen. Dina erwartet sie schon.

»Hi!«, sagt sie zur Begrüßung. »Du bist die Erste.«

»Echt?«, schnauft Conni.

Dina nickt.

Conni zieht ihre Turnschuhe aus und stellt sie ordentlich neben die Fußmatte, auf der in schnörkeligen Buchstaben HERZLICH WILLKOMMEN steht. Dann folgt sie Dina hinein.

»Meine Mutter ist noch bei der Geburtsvorbereitung. Das ist ein Kurs, in dem schwangere Frauen lernen, sich zu entspannen und richtig zu atmen«, erklärt die. »Am besten backen wir die

Plätzchen, solange sie noch nicht da ist. Bis dahin haben wir die Küche ganz für uns. Hast du alles dabei?«

»Ja, klar.« Conni nimmt ihren Rucksack ab.

Es klingelt.

»Das sind bestimmt die anderen!« Dina hüpft zur Tür und drückt auf den Knopf, mit dem die Haustür geöffnet wird. Kurz darauf hören sie Schritte und Gelächter.

Billi, Anna und Paul kommen zusammen. Anna hat Max in ein Tragetuch gesetzt und trägt die Puppe wie ein richtiges Baby vor ihrem Bauch.

»Du siehst wie eine echte Mama aus«, stellt Conni fest.

Anna zwinkert ihr durch die Brille zu. »Ich fühl mich auch schon fast so.«

»Die Leute auf der Straße haben ziemlich doof geguckt«, kichert Billi. »Eine Frau hat uns sogar angehalten und wollte sich unser Brüderchen mal genauer ansehen. Als sie gemerkt hat, dass es nur eine Puppe ist, ist sie vor Schreck ganz blass geworden.«

»Wie gemein!« Conni lacht.

»Selber schuld, wenn die so neugierig ist und ihre Nase in fremde Babytragetücher steckt«, entgegnet Paul ungerührt.

Dina verschwindet in der Küche.

»Zieht eure Schuhe aus und kommt rein. Wir fangen gleich mit dem Backen an«, ruft sie über die Schulter.

Die anderen folgen ihr. Conni angelt den Zettel mit dem Rezept aus ihrem Rucksack, faltet ihn sorgfältig auseinander und legt ihn auf den Küchentisch. Billi beugt sich darüber.

»Vollkorntaler«, liest sie laut vor. »Für 50 Stück braucht man 200 Gramm Dinkelmehl, 20 Gramm Puderzucker und 150 Gramm Butter. Ist das alles?«

Conni nickt. »Die sind genauso simpel wie die Bananenbabykekse, die wir neulich gemacht haben. Das Mehl und der Puderzucker werden in eine große Schüssel gesiebt, dann gibt man die weiche Butter dazu und knetet einfach alles zusammen, bis man einen geschmeidigen Teig hat. Aus dem Teig rollt man mit den Händen kleine Bällchen. Die legt man auf ein Backblech mit Backpapier und drückt sie platt. Das Ganze kommt für 15 bis 20 Minuten in den Ofen. Fertig.«

»Fertig«, wiederholt Billi. »Ist ja cool!«

»Der Backofen kann schon mal vorheizen«, sagt Conni.

Anna nimmt Max aus dem Tragetuch und setzt ihn auf einen Stuhl. Conni schaltet den Herd ein.

»Wenn echte Babys auch so lieb und pflegeleicht wären, hätte ich nichts dagegen, eine große Schwester zu sein«, stellt Dina seufzend fest.

Alle lachen.

»Ich glaub nicht, dass viele Neugeborene so ruhig sind«, sagt Conni.

»Ich auch nicht.« Dina seufzt noch einmal.

»Aber es gibt natürlich Ausnahmen«, sagt Anna schnell. Es sollte tröstlich klingen. Trotzdem rollt Dina mit den Augen.

»Es gibt solche Schreipuppen, die man sich ausleihen kann«, erzählt Billi. »Die sind irgendwie programmiert und verhalten sich genauso wie richtige Babys. Manchmal plärren die die ganze Nacht und man kann sie nicht ausschalten.«

»Das kann man bei echten Babys ja auch nicht«, bemerkt Conni, während sie die Backzutaten auf dem Küchentisch ausbreitet. »Die haben schließlich keine Batterien, die man einfach mal rausnehmen kann, wenn man seine Ruhe haben will.«

»Genau darum geht's ja«, nickt Billi.
»Nicht schlecht«, findet Anna. »Dann merkt man mal, wie das ist, und kann sich schon ein bisschen daran gewöhnen.«
»An die schlaflosen Nächte oder an den Lärmpegel?«, fragt Paul.
»Vermutlich an beides«, antwortet Dina. Sie holt ein Sieb und eine große Rührschüssel aus einem Schrank und stellt die Sachen auf die Arbeitsfläche.
Paul steckt die Knethaken in den Mixer und lässt sie mit einem kurzen Druck auf den Einschaltknopf rotieren.
»Auf geht's, Mädels!«
Als Frau Dosso von dem Geburtsvorbereitungskurs nach Hause kommt, stehen Conni und ihre Freunde in einer hauchfeinen Mehlwolke. Anna hat aus Versehen zu wenig Mehl abgewogen, worauf Paul äußerst großzügig welches aus der Tüte nachgeschüttet hat. Zu großzügig, wie Conni jetzt feststellt.
»Der Teig ist ein bisschen zu trocken«, sagt sie. »Ist noch weiche Butter da?«
Billi nickt und wirft ein Stück in die Schüssel. Paul wedelt mit der Mehltüte herum und produziert dabei noch mehr feinen Staub.
»Mann, Paul!«, schimpft Anna.
Er zieht den Kopf ein.
Conni und Billi kichern.
»Hallo, ihr Lieben!« Frau Dosso lugt vorsichtig um die Ecke in die Küche. »Kann es sein, dass ich zu früh dran bin?«
»Nö, gar nicht.« Paul winkt mit der Tüte und schüttelt den Kopf.
»Nein, nein«, versichern Conni, Billi und Anna schnell.

Dina fährt herum. »Doch, ein bisschen. Wir sind noch nicht ganz fertig.« Sie nimmt ihrer Mutter die Handtasche ab und hilft ihr dabei, den Mantel auszuziehen. »Setz dich doch solange ins Wohnzimmer, leg die Beine hoch und mach es dir gemütlich. Möchtest du was trinken?«

»Ja, gerne. Ein Glas Wasser.« Frau Dosso lächelt Conni, Billi, Paul und Anna zu und verschwindet im Wohnzimmer. Dina folgt ihr mit einem großen Glas Mineralwasser.

Conni schaltet den Mixer eine Stufe niedriger und schließlich ganz aus. »Jetzt ist der Teig perfekt«, meint sie. »Wer möchte die Knethaken ablecken?«

Billis und Pauls Hände schnellen gleichzeitig in die Höhe.

»Dann schlecken wir aber die Schüssel aus«, sagt Anna.

»Okay.« Conni drückt auf einen Knopf. Die Knethaken springen heraus. Einen reicht sie Paul, den anderen Billi.

»Du hättest ruhig ein bisschen mehr Teig dranlassen können«, meckert Paul.

»Hör auf zu jammern«, erwidert Anna. »Dafür darfst du gleich abspülen.«

Paul brummt etwas Unverständliches.

»Wir müssen auch noch die Bällchen formen«, sagt Conni versöhnlich. »Wenn du lieb bist, darfst du dabei vielleicht ein bisschen naschen.«

»Ich bin immer lieb!«, behauptet Paul.

»Sagt wer?«, fragt Dina, als sie wieder in die Küche kommt.

Sie machen sich zusammen ans Werk.

Aus dem Teig werden Bällchen, aus den Bällchen flache Taler. Sie legen sie fein säuberlich auf ein mit Backpapier bedecktes Backblech und schieben es in den Ofen.

Dina schaltet die Temperatur etwas höher.
»Wir haben noch genug Teig für ein zweites Blech«, sagt Conni.
»Wir haben aber nur ein Backblech«, antwortet Dina.
»Macht nichts«, mischt Billi sich ein. »In einer Viertelstunde ist die erste Ladung fertig. Dann schieben wir die zweite schnell hinterher.«
»Oder wir essen den Rest so.« Paul wirft sich einen großen Teigklumpen in den Mund und grinst.
»Kommt gar nicht in die Tüte!«, protestiert Anna. »Erstens kriegst du davon garantiert Bauchschmerzen und zweitens schmecken die fertigen Kekse bestimmt tausendmal besser.«
Conni gibt ihr Recht. Wenn die Vollkorntaler nur halb so gut schmecken, wie sie jetzt im Ofen duften, müssen sie köstlich sein. »Vielleicht hätten wir noch ein paar Rosinen oder Nüsse unter den Teig mischen sollen«, meint sie.
»Es sollen aber doch Babykekse sein«, wendet Billi. »Dürfen Babys denn schon Nüsse essen?«
»Nein, bestimmt nicht.« Anna macht ein nachdenkliches Gesicht. »Daran verschlucken die sich viel zu leicht.«
»Außerdem haben Babys noch gar keine Zähne. Die Kekse müssten eigentlich Kleinkindkekse heißen«, sagt Dina.
Paul nickt. »Stimmt. Und bis die Kleinen groß genug sind, müssen sich ihre Babysitter opfern. Wir hätten also ruhig irgendwas in den Teig werfen können.«
»Nächstes Mal«, sagt Billi.
»Klar«, meint Conni. »Es gibt bestimmt eine Menge Rezepte, die wir noch ausprobieren können, bis das Baby da ist und groß genug ist, um Kekse zu knabbern.«

Als die erste Ladung fertig ist, legen sie eine Handvoll Taler auf einen Teller und bringen ihn ins Wohnzimmer.
»Sie dürfen als Erste probieren«, sagt Conni zu Dinas Mutter.
Frau Dosso hat es sich auf dem Sofa bequem gemacht und blättert in einem Babyratgeber. Neben ihr liegen ein Knäuel Baumwolle, eine Häkelnadel und ein winziger, halb fertiger Babyschuh.
»Das ist aber lieb von euch. Danke.« Frau Dosso nimmt sich einen Keks und schnuppert daran, bevor sie ein Stück abbeißt. Plötzlich hört sie auf zu kauen und legt eine Hand auf ihren kugelrunden Bauch.
»Ist was?«, fragt Dina erschrocken.
»Mag das Baby etwa keine Vollkorntaler?«, fragt Paul.
»Ganz im Gegenteil, sie scheinen ihm zu schmecken.« Dinas Mutter lacht. »Es hat mich gerade ziemlich energisch getreten. Das passiert jetzt öfter. Ich glaub, es wird ihm langsam ein bisschen zu eng dadrin.«
Conni und Anna wechseln einen Blick und lächeln.
Es ist schön, dass es Dinas Mama so gut geht, denkt Conni. Sie sieht richtig glücklich aus.
»Es kann jetzt jeden Tag losgehen.« Frau Dosso wechselt die Sitzposition und nimmt sich noch einen Keks. Ihre andere Hand ruht auf dem Bauch. »Bis zum errechneten Termin ist es zwar noch ein bisschen hin, aber der Arzt meint, dass es vermutlich nicht mehr so lange dauern wird. Dina ist ja auch ein bisschen früher gekommen.«
Paul seufzt andächtig.
Anna bohrt ihm einen Ellbogen zwischen die Rippen. »Dann sollten wir die wichtigsten Handgriffe vielleicht schnell noch

mal zusammen üben, anstatt hier rumzustehen. Was meint ihr?«
»Gute Idee«, erwidert Conni.
»Deshalb sind wir schließlich hier«, nickt Billi.
»Wenn du irgendwas brauchst, sag einfach Bescheid. Wir sind nebenan.« Dina winkt ihrer Mutter zu.
»Mach ich«, verspricht die. »Und vielen Dank! Ihr seid jetzt schon die besten Babysitter, die man sich nur wünschen kann.«
Paul wächst vor Stolz um mindestens fünf Zentimeter und grinst dabei wie ein Honigkuchenpferd.
Anna schiebt ihn energisch aus dem Wohnzimmer.
»Wir sollten mal nach den Keksen gucken, bevor sie anbrennen«, murmelt sie. »Oder willst du hier etwa festwachsen?«

***

Einige Tage später bleibt Dinas Platz in der Schule leer. Weil es noch früh ist – der Unterricht fängt erst in zehn Minuten an –, machen sich Conni und ihre Freundinnen zuerst keine Gedanken. Erst als es zur Stunde läutet und Dina immer noch nicht da ist, werden sie unruhig.
»Hat jemand von euch was gehört?«, fragt Conni.
»Nein«, sagt Billi.
»Vielleicht hat sie verschlafen oder den Bus verpasst«, meint Anna.
Herr Baumann betritt das Klassenzimmer und legt seine Aktentasche auf das Lehrerpult. »Wo waren wir stehengeblieben?«, fragt er, wie zu Beginn jeder Geschichtsstunde.
»In der Steinzeit«, grummelt Paul und gähnt, bevor er den Kopf sinken lässt und seine Stirn sanft auf der Tischplatte ablegt.
Phillip, Tim und Mark lachen.

»Leider falsch.« Herr Baumann nimmt seine Brille ab, um sie zu putzen. »Andere Vorschläge?«

»Die Auflösung des Römischen Weltreichs«, meldet sich Conni zu Wort. Am liebsten würde sie Pauls Beispiel folgen und ebenfalls gähnen. Das Thema ist nicht besonders prickelnd.

Herr Baumann scheint anderer Meinung zu sein. Seine Augen funkeln, als er die Brille wieder aufsetzt. »Ganz genau! Schlagt bitte eure Bücher auf. Seite 144, Kapitel 3. Die Patrizier und Plebejer.«

»7-5-3, Rom kroch aus dem Ei«, murmelt Paul so laut, dass alle ihn hören können.

»Prima, Paul!«, lobt Herr Baumann ihn. »Merk dir die Zahl für den Wiederholungstest, den wir in der nächsten Woche schreiben. Dann hast du schon mal einen Punkt sicher.«

Paul wird knallrot und verkneift sich jeden weiteren Kommentar.

Während die Klasse in den Geschichtsbüchern blättert und nach der richtigen Seite sucht, greift Herr Baumann nach dem Klassenbuch.

»Dina fehlt«, sagt Anna.

Herr Baumann zückt einen Stift und macht einen Vermerk.

Conni wirft einen Blick auf die Uhr. Merkwürdig, dass Dina nicht auftaucht. Hoffentlich ist sie nicht krank.

In der großen Pause ist Dina immer noch nicht da. Conni schaltet ihr Handy kurz ein, um nachzuschauen, ob sie vielleicht eine Nachricht geschickt hat. Im Unterricht sind Handys verboten. Auch während der Pausen sollen sie eigentlich ausgeschaltet sein. Aber Conni hält es nicht länger aus. Dass Dina so gar nichts von sich hören lässt, ist total untypisch für sie.

»Irgendwelche Neuigkeiten?«, fragt Anna.
»Nichts.« Conni schaltet das Handy wieder aus, bevor sie es in ihre Jackentasche zurückschiebt.
»Das ist merkwürdig«, sagt Billi.
»Allerdings.« Conni kickt einen Stein mit der Schuhspitze weg, während sie von ihrem Pausenapfel abbeißt.
Die Jungs spielen wie üblich in einer Ecke des Schulhofs Basketball. Sie kann sie lachen hören.
»Freiwurf!«, ruft Phillip.
Conni lächelt. »Was haben wir jetzt eigentlich?«
»Bio«, antwortet Anna. »Und danach Kunst.«
»Darauf freu ich mich schon!« Billi reibt sich die Hände. »Ich finde Linolschnitt richtig klasse. Ihr nicht auch?«
»Doch, klar.« Conni nickt. »Besonders das Drucken macht Spaß, finde ich. Schade, dass Dina nicht da ist. Jetzt kriegt sie ihr Bild vielleicht gar nicht mehr fertig.«
»Stimmt. Frau Stern hat gesagt, dass wir nur noch heute drucken«, bestätigt Anna. »Nächste Woche fangen wir mit einem neuen Thema an. Und dann geht sie schon bald in den Mutterschutz.«
Es gongt über ihren Köpfen.
Phillip und die Jungs kommen angetrabt.
»Habt ihr inzwischen was von Dina gehört?«, erkundigt sich Paul.
Conni, Anna und Billi schütteln gleichzeitig die Köpfe.
»Komisch«, meint Paul. Niemand widerspricht ihm.
In der Kunststunde konzentriert sich Conni auf ihre Aufgabe. Die Klingen und die feinen Messer, mit denen sie die Druckmuster in das Linoleum schneiden, sind wirklich verflixt scharf.

In der letzten Stunde musste Frau Stern gleich mehrere Pflaster verteilen.
Conni hat einen Clown geschnitzt, der mit Bällen jongliert. Heute arbeitet sie die letzten Feinheiten heraus. Mit den Probeabzügen war sie noch nicht ganz zufrieden.
»Vergesst nicht, dass alles, was ihr in die Platten schnitzt, auf dem Bild später spiegelverkehrt erscheint«, sagt Frau Stern.
Sie geht von Tisch zu Tisch, gibt Tipps und Anregungen. Ab und zu bleibt sie stehen, stemmt eine Hand in die Hüfte und drückt den Rücken durch. Ihr Bauch ist mittlerweile fast genauso kugelrund wie der von Dinas Mutter, stellt Conni lächelnd fest.
»Es muss ganz schön anstrengend sein, so eine Kugel mit sich herumzutragen«, raunt Billi ihr und Anna zu.
Conni nickt. »Besonders in den letzten Wochen vor der Geburt, hat meine Mutter gesagt.«
»Stellt euch mal vor«, flüstert Anna. »Früher mussten die Frauen bis zur Entbindung arbeiten!«
»In manchen Ländern müssen sie das heute noch«, sagt Conni. »Mutterschutz und Erziehungsurlaub gibt's nicht überall auf der Welt.«
»Stimmt.« Billi macht ein nachdenkliches Gesicht.
»Ist bei euch alles okay?« Frau Stern hat sich unbemerkt genähert und wirft jetzt einen neugierigen Blick auf die Linoleumplatten und Probeabzüge, die auf dem Arbeitstisch liegen.
»Alles prima!«, versichert Conni.
»Bei Ihnen hoffentlich auch«, lächelt Billi.
»Ja, danke der Nachfrage. Uns beiden geht's gut.« Frau Stern streift sich eine lose Haarsträhne hinter das Ohr und lächelt

ebenfalls. »Wisst ihr, was mit Dina los ist? Hat sie sich krankgemeldet?«
»Nein, keine Ahnung«, antwortet Conni seufzend. »Wir machen uns langsam Sorgen.«
»Es wird schon nichts Schlimmes sein«, erwidert Frau Stern und geht langsam weiter.

Kaum ist die letzte Stunde zu Ende, alles aufgeräumt und die Stühle hochgestellt, stürmen Conni, Anna und Billi ins Freie. Die Jungs folgen ihnen im Laufschritt.
»Warum habt ihr's so eilig?«, fragt Phillip.
Conni zieht ihr Handy aus der Tasche und wedelt kurz damit, bevor sie es einschaltet. »Ich ruf jetzt Dina an. Irgendetwas stimmt da nicht. Ich hab ein ganz komisches Gefühl.«
»Ich auch«, gibt Billi zu.
Conni will gerade Dinas Kurzwahlnummer eintippen, als das Handy den Eingang einer SMS meldet. »Düdelüt!«, macht es.
Conni wirft einen Blick auf das Display. »Eine Nachricht von Dina. Das ist ja Gedankenübertragung!«
»Ich hab auch eine SMS von ihr.« Anna starrt auf ihr Handy.
»Ich auch!«, ruft Billi.
Paul kramt sein Mobiltelefon aus dem Rucksack und schaltet es ein. »So 'n Zufall«, grinst er. »Ich auch.«
»Ich nicht«, bemerkt Mark.
Tim schüttelt den Kopf.
»Anscheinend hat sie nur den Mitgliedern des Babysitterclubs eine SMS geschickt«, stellt Phillip fest. »Wollt ihr sie nicht vielleicht mal lesen?«

Er wirft einen neugierigen Blick über Connis Schulter.
»Doch, klar«, nickt die. »Bei drei?«
»Eins«, sagt Anna.
»Zwei«, kommt es von Billi.
»Drei«, brummt Paul.
Sie öffnen die Kurznachrichten gleichzeitig und bekommen große Augen.
»Das Baby ist da!«, jubelt Conni, die als Erste ihre Sprache wiedergefunden hat. »Juhu!«
»Was? Echt?« Phillip nimmt ihr das Telefon aus der Hand und liest die vier Worte, die Dina geschrieben hat:

☺ ☺ **DAS BABY IST DA!!!** ☺ ☺

Conni, Anna und Billi vollführen einen wilden Freudentanz.
»Jippieh!«, ruft Billi.
Paul grinst von einem Ohr zum anderen.
»Kein Wunder, dass sie heute nicht in der Schule war. So ein Baby fällt schließlich nicht jeden Tag vom Himmel«, sagt er.
»Und wir haben noch gar kein Geschenk besorgt!« Conni hört auf zu tanzen.
»Wir wissen ja auch noch gar nicht, was es ist«, sagt Anna.
»Stimmt«, meint Billi. »Ob's ein Junge oder ein Mädchen ist, hat sie gar nicht geschrieben.«
Phillip hält immer noch Connis Handy in der Hand. Er reicht es ihr mit einem Augenzwinkern.
»Ruf sie an und frag sie«, schlägt er vor.
»Meinst du echt?« Conni nimmt ihm das Handy ab.
Sie zögert. Schließlich möchte sie nicht stören. Nicht jetzt, wo

das neue Familienmitglied endlich da ist. »Aber wenn es vielleicht gerade schläft und das Handyklingeln es weckt? Vielleicht schläft Frau Dosso auch oder ruht sich ein bisschen aus.«
»Ich kann mir nicht vorstellen, dass Dina so einen lauten Klingelton hat, dass ein Baby davon aufwacht.« Phillip lächelt.
»Nö, sie hat irgendwas Klassisches als Anrufton«, weiß Anna. »Mozarts kleine Nachtmusik, glaub ich. Die stört das Baby ganz bestimmt nicht.«
»Im Gegenteil«, grinst Paul.
»Na gut.« Conni holt tief Luft und wählt Dinas Nummer. Die anderen stehen in einem Halbkreis um sie herum und spitzen neugierig die Ohren. Dina meldet sich fast sofort.
»Herzlichen Glückwunsch«, sagt Conni. »Von uns allen!«
»Danke schön.« Dinas Stimme klingt aufgeregt und glücklich zugleich.
»Was ist es denn?«, ruft Anna laut.
»Ein kleiner Junge«, antwortet Dina. »Und er ist so süß! Noch ganz winzig und schrumpelig, aber süß!«
Conni gibt es an die anderen weiter: »Es ist ein total süßer Junge.«
»Super, ein Fußballer!« Paul ballt die Faust.
Billi zeigt ihm einen Vogel.
»Und wie heißt er?«, wendet sich Conni wieder an Dina.
»Dominik.«
Conni wiederholt den Namen. »Dominik Dosso. Das hört sich gut an. Fast wie ein Künstlername.«
Dina lacht.
»Kommst du morgen wieder in die Schule?«, fragt Conni.
»Ja, muss ich wohl«, seufzt Dina. »Ich würde viel lieber hier-

bleiben und Dominik beim Schlafen zugucken, aber leider gibt es keine Sonderferien für große Schwestern.«

Conni kichert. »Wie fühlst du dich denn eigentlich? Jetzt, wo du eine große Schwester bist?«

»Super!«, sagt Dina, ohne zu zögern. »Ich konnte es mir echt nicht vorstellen, wie toll es ist, einen kleinen Bruder zu haben. Es ist das tollste Gefühl der Welt!«

Conni erkundigt sich nach Dinas Mutter und richtet viele Grüße von allen aus. »Wir sehen uns dann morgen«, sagt sie zum Abschied.

»Bis dann!«, ruft Dina. »Ich muss schnell wieder zu Dominik. Ich glaub, er ist gerade aufgewacht. Das ist ja so aufregend!«

Conni steckt ihr Handy weg.

»Allen geht es gut«, verkündet sie lächelnd. »Dem Baby, den Eltern und der großen Schwester auch!«

Erst am Abend kommt Conni dazu, die Ereignisse in ihrem Tagebuch festzuhalten. Nach der Schule war sie mit den anderen Mitgliedern des Babysitterclubs in der Stadt, um ein Geschenk für Dominik zu kaufen. Sie haben ihr Taschengeld zusammengelegt und sich nach einigem Hin und Her schließlich für eine hübsche Spieluhr entschieden, die ein Stück von Mozart spielt, während sich hellbraune Teddys im Kreis drehen. Anna hat gemeint, dass die Melodie gut zu Dinas Handyklingelton passen würde. Pauls Vorschlag, Dominik einen Fußball zu schenken, wurde einstimmig abgelehnt.

Als sie dann vom Stadtbummel zu Hause war, hat Conni natürlich ihren Eltern die freudige Nachricht mitgeteilt. Dann musste sie sich auf ihre Hausaufgaben konzentrieren, was allerdings

gar nicht so einfach war, weil sie immer wieder an Dina und Dominik denken musste, die frischgebackenen Geschwister. Ob sie sich schon aneinander gewöhnt haben?
»Bestimmt!«, sagt Conni laut und blättert eine neue Seite in ihrem Tagebuch auf.

♡ DOMINIK ist DA ♡!! ♡ ☺

Dina hörte sich vorhin richtig glücklich an.
Wie ihr Bruder wohl aussieht? Wie Dina in klein vielleicht?
Vielleicht dürfen wir ihn ja bald mal besuchen? Immerhin haben wir versprochen, uns um ihn zu kümmern.
Ich freu mich schon darauf, wenn wir das erste Mal als Babysitter in Aktion treten.
Obwohl es am Anfang bestimmt ein bisschen komisch ist. Schließlich ist es ein großer Unterschied, ob man eine Puppe oder ein echtes Baby füttert und wickelt.
Aber wir schaffen das schon.
Schließlich sind wir der:
✿ BABYSITTERCLUB! ✿ ✿ ✿

Sie klappt das Tagebuch zu und legt es beiseite. Ihr Handy hat sich gemeldet. Auf dem Display leuchtet Phillips Name auf.
Connis Herz macht einen Freudensprung.
Ob er sich wieder eine Überraschung ausgedacht hat? So eine wie das Picknick neulich? Vielleicht klappt es ja doch noch mit dem Ausflug zum Mond. Wer weiß.
»Mit dir würde ich überall hinfliegen«, flötet sie in den Hörer.
»Echt? Das find ich toll!« Phillip kichert leise.
Conni hält die Luft an. Hat sie das wirklich gerade laut gesagt? Ins Telefon? So dass Phillip es hören konnte?
Ach, du Schreck!
»Ähm, das war ich nicht. Das war im Radio«, sagt sie schnell.
»Ja, klar.« Phillip kichert immer noch.
Conni presst die Lippen zusammen, aber dann muss sie selbst lachen. Heute ist so ein schöner Tag, da kann einem schon mal was Lustiges herausrutschen. Und außerdem stimmt es ja: Mit Phillip würde sie wirklich überall hinfliegen. Sogar bis zum Mond und wieder zurück.

»Schaut euch mal diese kleinen Finger an!«
»Und die winzigen Wimpern!«
»Die niedlichen Ohren!«
»Wie süß er ist!«
»Hallo, Dominik!«
Die Mitglieder des Babysitterclubs stehen mit andächtigen Gesichtern um die Wiege herum, in der Dinas kleiner Bruder liegt und schläft.
Seit der Geburt sind ein paar Tage vergangen. Heute dürfen sie das Baby zum ersten Mal besuchen.
Dina lächelt, wie nur eine stolze große Schwester lächeln kann. »Er hat gerade erst getrunken«, erklärt sie im Flüsterton. »Jetzt schläft er bestimmt ein, zwei Stunden. Viel mehr macht er ja noch nicht. Trinken, schlafen, verdauen.«
»Schade«, flüstert Paul. »Ich hätte ihn zu gerne mal schreien hören.«
Anna gibt ihm einen Knuff.
Billi und Conni grinsen.
»Das wirst du bestimmt noch früh genug erleben«, meint Conni.
»Wollen wir nicht in mein Zimmer gehen?«, schlägt Dina vor. »Wir hören ja, wenn er aufwacht.«

»Das ist eine gute Idee«, sagt ihre Mutter. Sie sitzt auf der Couch in Reichweite der Wiege und häkelt den zweiten Babyschuh fertig. »In der Küche stehen Kekse und eine Flasche Saft. Wenn Dominik nachher wach ist, könnt ihr vielleicht eine kleine Ausfahrt mit ihm machen.«

»Au ja!« Dinas Augen funkeln. »Ich liebe es, ihn in seinem Kinderwagen durch die Gegend zu schieben!«

»Wer hätte das gedacht?« Conni zwinkert ihr zu.

Dina wird ein bisschen rot.

»Das Mobile, das über der Wiege hängt, ist echt hübsch«, meint Anna, als sie es sich mit den Keksen und dem Saft in Dinas Zimmer gemütlich machen. »Hast du das gemacht?«

»Nein.« Dinas Wangen werden noch eine Spur röter. »Das ist von Daniel. Er hat es gestern vorbeigebracht.«

»Dann hat er es selbst gebastelt? Toll!« Billi hebt anerkennend die Augenbrauen.

»Es ist wirklich hübsch«, stimmt Conni ihr zu. »Es war bestimmt ziemlich viel Arbeit, diese ganzen kleinen Tiere aus Pappe auszuschneiden und auf Bindfäden zu ziehen.«

»Dass er sich so viel Mühe gemacht hat …«, haucht Anna. »Das ist echt soo romantisch!«

Paul verdreht die Augen.

Die anderen lachen.

»Eure süße Spieluhr kommt über Dominiks Bettchen. Es steht bei meinen Eltern im Schlafzimmer. Tagsüber liegt er immer in der Wiege im Wohnzimmer, damit meine Mutter ihn im Blick hat«, erzählt Dina. Sie gießt den Saft in Gläser und reicht sie weiter.

»Deine Mama sieht übrigens richtig gut aus«, sagt Conni und

nimmt sich einen Keks. »Man sieht ihr den Stress von der Geburt gar nicht mehr an. Echt toll, dass alles so glattgegangen ist.«
Dina nickt. »Ja, allerdings. Ich ärgere mich nur darüber, dass ich die Geburt verpasst hab. Die Wehen gingen abends los. Als die Hebamme kam, lag ich längst im Bett. Und als ich morgens aufgewacht bin, war Dominik schon da. Ich hab's einfach verpennt.«
»Wie schade«, sagt Anna. »So ein neues Baby ist doch echt ein Wunder, findet ihr nicht? Als hätte der Storch den Kleinen um Mitternacht abgeliefert und heimlich in die Wiege gelegt.«
»Du glaubst noch an den Klapperstorch?« Paul verschluckt sich fast vor Lachen.
Billi und Conni prusten los.
»Natürlich nicht!«, zischt Anna. »Es war mehr symbolisch gemeint.«
»Ich weiß, was du meinst«, nickt Dina. »Mir kommt es auch irgendwie unglaublich vor. Letzte Woche war er noch nicht da, und jetzt liegt er nebenan und schläft. Als wäre eine kleine Sternschnuppe vom Himmel gefallen.«
In Dinas Zimmer ist es zwar etwas eng, aber trotzdem sehr gemütlich. Überall an den Wänden hängen Zeichnungen von ihr. Auch ein paar Poster von Kunstausstellungen, die sie besucht hat, sind darunter. Conni sieht, dass Dinas Blick die Poster streift. Sie sieht aus, als würde sie über etwas nachdenken.
Als hätte Dina ihre Gedanken gelesen, seufzt sie plötzlich. »Bald muss ich die ganzen Bilder abnehmen.«
»Wieso das denn?«, will Conni wissen.
»Willst du umdekorieren?«, fragt Anna. »Oder soll dein Zimmer neu gestrichen werden?«

»Weder noch.« Dina macht ein geheimnisvolles Gesicht.
»Sondern?«, erkundigt sich Billi.
»Wir ziehen um!«
Ein paar Sekunden lang ist es mucksmäuschenstill.
Dann schnattern plötzlich alle durcheinander.
»Warum?«
»Wohin?«
»So plötzlich?«
»Doch hoffentlich nicht in eine andere Stadt? Wehe!«, sagt Conni.
Dina lacht, bevor sie die Fragen der Reihe nach beantwortet. »Warum? Weil die Wohnung zu klein für vier ist. – Wohin? In ein Haus. – So plötzlich? Na ja, es wird vielleicht noch ein Weilchen dauern, bis es losgeht. – In eine andere Stadt? Nein, nur ein paar Straßen weiter. Das Haus gehört einem Arbeitskollegen meines Vaters. Eigentlich wollte er es verkaufen, aber jetzt vermietet er es uns. Meine Eltern haben gleich zugeschlagen, als er sie gefragt hat. Es ist wirklich perfekt für uns. Es liegt ganz nah bei meinen Großeltern und hat sogar einen eigenen Garten. Ich freu mich schon so!«
»Juhu!«, jubelt Billi. »Das ist ja toll!«
»Super!«, freut sich Conni. »Dann musst du dein Zimmer also nicht mit Dominik teilen?«
»Nein, in dem Haus gibt es zwei Kinderzimmer. Eins für ihn und eins für mich.« Dina lächelt. »Weil ich die Ältere bin, darf ich mir mein Zimmer selbst aussuchen.«
»Das ist ja spannend«, findet Anna und knabbert an einem Keks.
»Ein Garten ist immer gut«, meint Paul. »Dann hat Dominik später genug Platz zum Fußballspielen.«

»Du und dein Fußball!« Anna gibt ihm einen Stups mit dem Ellbogen.
»Was denn? Dominik Dosso ist der perfekte Name für einen Nationalspieler. Ich seh ihn direkt schon vor mir!«
»Vielleicht macht er sich aber gar nichts aus Fußball und will lieber Klavier spielen lernen«, wendet Billi ein.
»Oder er malt und zeichnet wie seine große Schwester«, fügt Conni hinzu.
Dina steht auf, um eine neue Saftflasche aus der Küche zu holen.
»Ich glaub, das entscheidet er später selbst. Er hat ja noch ein paar Jahre Zeit.«
»Mit Fußball kann man gar nicht früh genug anfangen«, brummelt Paul.
Billi schnappt sich ein Kuschelkissen von Dinas Bett und wirft es ihm an den Kopf.
»Aua!«, motzt Paul.
»Pscht!«, macht Dina plötzlich. Sie steht an der Tür. Ihre Hand liegt auf der Klinke. »Ich glaub, ich hab was gehört.«
Conni, Paul, Billi und Anna gucken sich an.
»Ist er wach geworden?«, flüstert Conni.
»Ich schau mal nach«, wispert Dina.
Sie bleibt ein ganzes Weilchen verschwunden. Conni, Anna, Billi und Paul spitzen angestrengt die Ohren, aber außer einem leisen Greinen können sie nicht viel hören.
»Dominik scheint absolut kein Schreibaby zu sein«, stellt Billi fest.
»Stimmt«, sagt Conni. »Bis jetzt ist er eher der ausgeglichene Typ. Kein Wunder, wenn schlafen, futtern und mit Mama kuscheln seine Hauptaufgaben sind.«

Sie schaut auf, als die Zimmertür geöffnet wird und Dinas Lockenkopf erscheint.
»Mama hat Dominik gestillt. Jetzt wird's Zeit für eine frische Windel. Habt ihr Lust, mir zu helfen?«
»Na klar!«, ruft Conni sofort.
Anna, Paul und Billi springen auf, um Dina und ihr ins Wohnzimmer zu folgen, wo eine dicke Wolldecke auf dem Teppichboden ausgebreitet ist.
Frau Dosso hat sich Dominik über die Schulter gelegt, wandert mit ihm hin und her und klopft ihm dabei sanft auf den Rücken.
»Damit er sein Bäuerchen macht«, erklärt sie.
»Logo«, nickt Paul. »Die Luft, die er beim Trinken geschluckt hat, soll raus. Das ist wie beim Rülpsen. Marie hat als Baby total viel gespuckt. Da hat das Bäuerchenmachen echt geholfen.«
»Zum Glück ist Domi kein Spuckbaby«, meint Dina. Sie nimmt eine Windel aus einer geöffneten Packung und faltet sie auseinander.
Conni, Billi und Anna können sich gar nicht an Dinas winzigem Bruder sattsehen. Conni macht ein Foto mit dem Handy. Als Dominik plötzlich leise aufstößt und ein verdutztes Gesicht macht, als würde er sich über sich selbst wundern, lacht sie.
Ganz vorsichtig legt Frau Dosso den Kleinen auf die Wolldecke. Es scheint ihm nicht zu gefallen. Zuerst verzieht er nur das Gesicht, doch plötzlich kneift er die Augen zu, füllt seine Lungen und fängt laut zu schreien an.
»Oje, das mag er gar nicht«, sagt Dinas Mutter. Sie summt Dominik etwas vor, aber der lässt sich nicht beruhigen.
»Gute Stimme«, meint Paul grinsend. »Vielleicht hab ich mich geirrt und er wird doch kein Fußballer.«

»Sondern?«, fragt Conni.
Paul denkt nach. »Opernsänger vielleicht. Oder Rockstar.«
»Hoffentlich nicht!« Dinas Mutter macht ein entsetztes Gesicht und erhebt sich aus der Hocke. »Mit einer frischen Windel sieht die Welt bestimmt gleich ganz anders aus.«
Dina kniet sich zu ihrem kleinen Bruder auf die Wolldecke und gurrt ihm leise Laute zu, bevor sie sich an die anderen wendet. »Wir haben natürlich auch einen Wickeltisch, aber die Hebamme meint, wenn wir ihn wickeln, sollten wir das lieber auf dem Boden machen. Das ist sicherer.«
Conni, Anna, Billi und Paul nicken. Dann hocken sie sich neben die Wolldecke und schauen Dina zu, wie sie die winzigen Knöpfe an dem Strampelanzug einen nach dem anderen aufmacht.
Dominik hört schlagartig auf zu schreien. Es scheint ihm zu gefallen, von den Mitgliedern des Babysitterclubs umringt, bestaunt und bewundert zu werden. Er zieht die Stirn kraus und mustert sie mit kritischem Blick.
»Hi, Domi«, sagt Paul. »Ich bin's, Onkel Paul!«
Anna gibt ihm einen Knuff.
Dina hat unterdessen den Body geöffnet und ihrem Bruder die volle Windel ausgezogen.
»Boah!«, macht Billi. »Das ist ja 'ne schöne Pampe! Unglaublich, dass das alles aus diesem Zwerg rausgekommen ist!«
Frau Dosso, die alles von der Couch aus beobachtet, lacht.
Dina reicht Billi die zusammengefaltete Windel – »In der Küche steht ein großer Windeleimer. Einfach reinwerfen. Danke« –, dann greift sie nach einer Dose mit feuchten Reinigungstüchern und säubert Dominik gründlich.

Billi ist schnell zurück und hockt sich wieder hin.
Das Baby gluckst leise.
Anna säuselt ihm etwas zu, das wie »Dududu« und »Eideidei« klingt.
Paul zieht die Augenbrauen zusammen und stöhnt auf.
»Was ist?«, fragt Anna ihn.
»Fang bloß nicht mit dieser albernen Babysprache an«, sagt er. »Das ist was für alte Omas, aber nicht für unseren Babysitterclub. Babys haben ein Recht darauf, dass wir vernünftig mit ihnen reden. Was soll der Kleine denn von uns denken?«
»Dass wir ihn mögen«, sagt Anna spitz.
»Dann sag's ihm«, entgegnet Paul. »Aber nicht mit ›Eideidei‹ und ›Dududu‹.«
Conni und Billi müssen sich sehr beherrschen, um nicht laut loszuprusten.
»Möchte einer von euch ihm die neue Windel anziehen?«, fragt Dina und beendet damit das Geplänkel.
»Ja, ich!« Conni meldet sich zuerst.
Dina gibt ihr die Windel.
»Ihr dürft ihm dann gleich einen neuen Strampler anziehen«, sagt sie großzügig zu den anderen.
Conni ist ein bisschen aufgeregt, als sie Dominik die Windel anlegt. Es fühlt sich wirklich ganz anders an, ein echtes Baby zu wickeln statt einer Puppe, aber zum Glück verhält sich Dinas Bruder mustergültig und bleibt ganz still.
»Fertig!«, sagt sie stolz, als sie den letzten Klebeverschluss zugedrückt hat.
»Die sitzt perfekt«, lobt Dina sie. »Keine einzige Falte. Gut gemacht!«

Conni kann nicht widerstehen und kitzelt Dominiks runden Bauch, bevor sie den Body herunterzieht und zuletzt noch die Druckknöpfe schließt.
Nachdem Paul, Billi und Anna es mit vereinten Kräften geschafft haben, Dominik einen neuen Strampelanzug und flauschige Söckchen anzuziehen, nimmt Dina ihn vorsichtig hoch. Dominik greift mit seinen winzigen Händen nach ihren Locken. Dina lächelt und sieht dabei sehr glücklich aus.
»Wollen wir jetzt einen Spaziergang machen?«, fragt sie in die Runde.
»Au ja!«, rufen Conni und Anna sofort.
Paul schaut auf seine Uhr. »Ich muss leider los. Ich hab gleich Fußballtraining.«
Billi verabschiedet sich auch. Sie hat noch eine Verabredung im Tierheim, wo sie regelmäßig aushilft und sich um die Pflegetiere kümmert.
»Paul und ich sind dann nächstes Mal wieder dabei«, verspricht sie. »Wir sollten uns vielleicht sowieso ein bisschen abwechseln. Es ist doch nicht nötig, dass wir uns immer alle gleichzeitig um Domi kümmern, oder?«
»Stimmt.« Conni nickt. »Wir sollten einen Plan aufstellen, wer wann kann, und uns ein bisschen aufteilen.«
»Vielleicht immer zu zweit?«, schlägt Anna vor.
Die anderen sind einverstanden.
Frau Dosso meldet sich von der Couch. »Im Moment bin ich ja die ganze Zeit zu Hause«, sagt sie. »Ich freu mich natürlich, wenn ihr euch ab und zu um Dominik kümmern möchtet, aber eure anderen Interessen sollt ihr deshalb nicht vernachlässigen. Sprecht euch einfach ab. Ihr seid jederzeit willkommen.«

»Danke«, erwidert Conni lächelnd.
»Der Kinderwagen steht unten.« Dina trägt ihren Bruder in den Flur. »Bis später, Mama! Ruh dich schön aus.«
»Mach ich!«, ruft Frau Dosso zurück.
»Ist er denn überhaupt warm genug angezogen?«, fragt Anna besorgt.
»Willst du ihm etwa einen Schneeanzug anziehen? Draußen sind mindestens zwanzig Grad!«, schnauft Paul.
Anna macht ein beleidigtes Gesicht.
Dina mischt sich ein.
»Keine Sorge«, sagt sie. »Er hat ein Schaffell und eine Decke in seinem Kinderwagen. Außerdem setzen wir ihm gleich noch eine Mütze auf.«
»Dann ist ja gut«, sagt Anna. Sie streckt Paul die Zunge raus, aber der grinst nur.
Draußen verabschieden sie sich von Paul und Billi. Dominik liegt in seinem Kinderwagen, ballt die Fäuste und gähnt. Conni muss grinsen, als sie seinen winzigen rosa Gaumen sieht.
»Wollen wir in den Park gehen?«, fragt sie.
Dina und Anna sind sofort einverstanden. Mit dem Schieben wechseln sie sich ab. Zuerst schiebt Dina, dann Anna und schließlich Conni. Die Vögel zwitschern, die Sonne scheint. Es ist ein herrlicher Nachmittag. Perfekt für einen Bummel durch den Stadtpark.

***

Conni ist erst am frühen Abend wieder zu Hause. Mama, Papa und Jakob sitzen schon am Esstisch und warten mit dem Abendbrot auf sie. Natürlich muss Conni ihnen gleich die Handyfotos von Dominik zeigen, die sie im Park von ihm gemacht hat, und alles haarklein berichten. Wie es Dinas Mutter geht, wie lieb Dominik ist, und auch, wie es mit dem Babysitterclub läuft.

»Alles supergut«, sagt Conni, während sie eine Scheibe Körnerbrot mit Käse belegt und mit zwei Gurkenscheiben verziert. »Frau Dosso geht es richtig prima. Dominik ist total süß und pflegeleicht. Viele Haare hat er zwar noch nicht, aber dafür sehr hübsche dunkle Augen. Ich glaub, unser Babysitterclub gefällt ihm.«

Ihre Mutter lacht. »Das kann ich mir vorstellen. Babys lieben es, im Mittelpunkt zu stehen.«

»Warum auch nicht?«, meint Papa augenzwinkernd.

»Dina hat erzählt, dass Daniel jetzt auch gerne in unserem Club mitmachen will«, berichtet Conni weiter. »Dann hat Dominik noch einen Babysitter mehr.«

»Wer ist Daniel noch mal?«, will Jakob wissen. Er balanciert eine Kirschtomate auf einem Teelöffel und schnippt sie sich in hohem Bogen in den Mund.

»Dinas Freund«, antwortet Conni. »Sie behauptet zwar immer, er ist nicht ihr Freund, aber das glauben wir ihr nicht. Würde sie sonst immer gleich rot werden, sobald sein Name fällt?«

Mama und Papa wechseln einen amüsierten Blick.

»Dinas Eltern wollen übrigens bald ein großes Babyfest für Dominik veranstalten«, erzählt Conni. »Alle sollen kommen. Ihr natürlich auch. Aber es findet wohl erst statt, wenn sie in ihrem neuen Haus wohnen.«

»Sie ziehen um?«, fragt Papa neugierig.

Conni nickt. »Ja, in die Nähe von Dinas Oma und Opa. Da haben sie dann auch einen Garten, zwei Kinderzimmer und viel mehr Platz als in der alten Wohnung.«

Sie verputzt ihr Brot mit wenigen Bissen, spült mit einem Glas Milch hinterher und schnappt sich noch ein Radieschen. »Kann ich aufstehen? Ich muss noch Vokabeln lernen. Und für den Geschichtstest auch.«
»Klar, verschwinde«, sagt Papa.
»Danke.« Conni steht auf und trägt ihr Geschirr in die Küche. Dann flitzt sie nach oben.
Auf ihrem Handydisplay steht, dass Phillip versucht hat, sie anzurufen. Eine SMS hat er auch geschickt. Conni wirft sich mit Schwung auf ihr Bett und klickt sie an.

Hi!
Was macht der Babysitterclub?
Hast Du auch mal wieder Zeit für mich?
Würde mich freuen! ☺
LG P.

»Ob ich Zeit für ihn habe?«, fragt Conni Mau. Der Tigerkater ist ihr auf Samtpfoten gefolgt. Jetzt sitzt er neben ihr und schnurrt wie ein kleiner Motor. »Was für eine Frage!«
Sie streichelt Mau mit einer Hand. Mit der anderen tippt sie Phillips Kurzwahlnummer ein. Es dauert nur ein paar Sekunden, bis er sich meldet. Seine Stimme klingt, als wäre er aus der Puste.
»Hi! Ich komm gerade vom Training. Warte mal eben.«
Sie hört ihn schnaufen. Es rauscht im Hörer.
»Wo bist du?«, fragt sie irritiert.
»Auf dem Nachhauseweg. Ich sitz auf dem Fahrrad und musste nur mal kurz die Hand wechseln. So, jetzt geht's.«

»Willst du nicht lieber anhalten? Soll ich später noch mal anrufen, wenn du zu Hause bist?«, fragt Conni.
»Nö, wieso? Ich telefonier gern mit dir, während ich in den Sonnenuntergang rolle. Warte mal kurz … So, jetzt steh ich an einer Ampel. Bist du noch da?«
»Klar.« Conni unterdrückt ein Kichern.
»Apropos Sonnenuntergang …«, fährt Phillip fort. »Wusstest du, dass es an der Uni in Burgstadt ein Planetarium gibt?«
»Natürlich«, erwidert Conni. »Ich war da sogar schon mal. Ist aber ein paar Jahre her. Damals war ich noch in der Grundschule.«
»Echt?«, meint Phillip.
»Ja, echt.« Conni runzelt die Stirn. Worauf will er hinaus?
Phillip spricht weiter: »Ich hab in einem Prospekt gelesen, dass man in dem Planetarium eine virtuelle Reise zu den Sternen machen kann.«
»Ja, stimmt.« Conni kräuselt die Nase.
Es knistert und raschelt, als suchte Phillip etwas in seinem Rucksack. »Okay …«, sagt er schließlich. »Hör zu: ›Auf unserer Reise ins All erwarten Sie grandiose kosmische Landschaften in 3D. Was ist der Urknall? Wie ist unser Sonnensystem entstanden? Gibt es Leben auf anderen Planeten? Machen Sie eine spannende Entdeckungsreise an Bord unseres virtuellen Raumschiffs und erleben Sie eine sternenfunkelnde Tour, die Sie begeistern wird.‹ – Na, was meinst du?«
»Ich erinnere mich daran«, sagt Conni. »Das ist wirklich eine tolle Show!«
»Schade, dass du sie schon kennst«, sagt Phillip. »Aber vielleicht hast du ja Lust, mich zu begleiten?«

»Wohin?«
»In den Weltraum!«, erwidert Phillip. Ein Rascheln verrät, dass er den Prospekt in den Rucksack zurückstopft.
Conni verkneift es sich, ihn drauf hinzuweisen, dass ihr die Bemerkung, dass sie glatt mit ihm zum Mond fliegen würde, damals nur versehentlich herausgerutscht ist. Sie ist viel zu gespannt, worauf er hinauswill.
»Zum Mond klappt es leider nicht. Mein Raumschiff ist gerade in der Werkstatt«, sagt Phillip. An seiner Stimme kann sie hören, dass er lächelt. »Aber kommst du vielleicht mit mir zu den Sternen? Ich würde dich gerne einladen.«
»Ins Planetarium?«
»Ja.«
»Wow«, sagt Conni, weil ihr nichts Besseres einfällt. *Eine sternenfunkelnde Tour an Bord eines virtuellen Raumschiffs*, wiederholt sie in Gedanken den Werbetext. Und das Ganze mit Phillip?
»Na klar komm ich mit!«, sagt sie so laut, dass Mau neben ihr zusammenzuckt.
Phillip lacht. Für Conni klingt es wie das süßeste Lachen des ganzen Universums.
Bestimmt ist es das auch, denkt sie.
»Ich besorg zwei Karten für Freitagnachmittag. Passt dir das? Soll ich dich abholen?«, fragt Phillip.
»Mit deinem Raumschiff?«, fragt Conni zurück. »Wenn es bis dahin wieder heil ist?«
»Versprochen«, sagt Phillip. »Ich freu mich.«
»Ich mich auch.«
Sie wechseln noch ein paar Sätze über die Schule, die Hausaufgaben, die wiedergefundene Glückskatze und den Babysit-

terclub, dann beenden sie das Gespräch. Conni drückt auf die rote Taste und legt ihr Handy langsam auf den Nachttisch. In der kleinen Kristallkugel, die auf der Tischplatte liegt, bricht sich das Abendlicht. Es erinnert sie an das Funkeln von abertausend Sternen. Wie das geheimnisvolle Glitzern eines ganzen Sternensystems.

Und das alles will Phillip sich mit ihr ansehen?

Conni lächelt glücklich. Sie kann es kaum erwarten.

Liebe Conni-&-Co-Fans!

Ein neues Geschwisterchen kommt in die Familie … Klar, dass das zunächst für Aufregung sorgt, oder?
Habt ihr das vielleicht sogar schon selbst erlebt? Seid ihr eine große Schwester geworden, so wie Dina in diesem Buch?
In meiner Familie war ich die Jüngste. Ich hatte drei ältere Geschwister und fand das eigentlich ziemlich toll. Als ich klein war, hatte ich immer jemanden zum Spielen. Und auch später war ich ganz froh, zwei Schwestern und einen großen Bruder zu haben. Meistens jedenfalls. Denn unter Geschwistern kann es hin und wieder auch richtig krachen. Das gehört einfach dazu. Hauptsache, man verträgt sich wieder.
Dass Dina zuerst nicht weiß, wie sie mit der Situation umgehen soll, kann ich gut verstehen. Sie hat Angst, dass sich für sie nun alles ändert, dass ihre Eltern vielleicht keine Zeit mehr für sie haben, dass sie als ältere Schwester zurückstecken und auf Vieles verzichten muss. Dass sie sich dann doch auf das neue Familienmitglied freut, hat sie auch ein bisschen ihren Freundinnen zu

verdanken. Die halten zu ihr und zeigen ihr, wie schön es ist, eine große Schwester, ein großer Bruder zu sein.

Natürlich wird in diesem Band auch wieder fleißig gebacken. Babykekse – passend zum Thema. Die Rezepte sind wirklich babyleicht. Ihr findet sie hier noch einmal.

Viele andere tolle Rezepte könnt ihr übrigens auch im Conni-Club nachlesen. Schaut doch mal rein. Die Adresse lautet www.conniclub.de

Bis zum nächsten Buch!

Eure

Dagmar Hoßfeld

Rezept für leckere Vollkornkekse

Zutaten für 50 Stück:

200 g Vollkorn-Dinkelmehl
20 g Puderzucker
150 g Butter

Zubereitung:

Das Mehl und den Puderzucker sieben. Die Butter weich werden lassen. Alles in einer Schüssel vermengen und kneten. Das Backblech mit Backpapier auslegen und den Backofen auf 180 Grad vorheizen. Den Teig zwischen den Händen zu kleinen Bällchen rollen und platt drücken. Die Plätzchen aufs Backblech legen und 15–20 Minuten backen.

Rezept für Pauls Babykekse

Geeignet für Babys ab dem 8. Monat

Zutaten:

Eine reife Banane
200 g Dinkelmehl
100 g weiche Butter

Zubereitung:

Die Banane mit einer Gabel zerdrücken.
Alle Zutaten in einer Schüssel gut miteinander mischen.
Den Teig eine halbe Stunde im Kühlschrank ruhen lassen.
Das Backblech mit Backpapier auslegen und den Backofen auf 200 Grad vorheizen.
Den Teig in kleinen Häufchen auf das Backblech geben und ca.15 Minuten backen.

LESEPROBE

Im nächsten Sommer erscheint ein neues Abenteuer von »Conni & Co«. Wenn du informiert werden möchtest, wann dieser Band erscheint, kannst du den kostenlosen Newsletter unter www.conni-club.de abonnieren.
Und hier kannst du schon mal reinlesen:

»Guten Morgen, lieber Mau! Was siehst du da draußen so Spannendes?«
Conni liegt in ihrem Bett und reckt und streckt sich behaglich. Mau, der graue Tigerkater, hockt auf der Fensterbank und spitzt die Ohren, während er in den Garten starrt. Natürlich antwortet er nicht auf Connis Frage, aber das hat sie auch gar nicht erwartet. Obwohl Mau wirklich ein sehr besonderer Kater ist, hat er zu ihrem Bedauern immer noch nicht sprechen gelernt. Oder vielleicht kann er es längst und ist einfach nur zu faul, um eine Unterhaltung zu beginnen?
Conni streckt sich noch einmal, wackelt mit den Zehen und grinst. Heute ist Samstag. Ein wunderbares Wochenende liegt vor ihr, das spürt sie genau. Etwas anderes kommt auch gar nicht in die Tüte. Schließlich hat sie sämtliche Hausaufgaben gestern schon erledigt; extra, damit sie nicht mehr daran denken muss.

Außerdem scheint die Sonne, Mama und Papa haben frei und heute Nachmittag ist sie mit Phillip und den anderen im Stadtpark zum Frisbeespielen verabredet.
Im Haus ist es still. Bestimmt liegen Jakob, Mama und Papa noch in den Federn. Conni würde auch gerne ein bisschen weiterschlafen. Schließlich ist es für einen Samstagmorgen ziemlich früh – gerade mal kurz nach acht, wie ihr ein Blick auf den Wecker verrät, der neben ihr auf dem Nachttisch steht –, aber irgendwie ist sie eindeutig viel zu wach. Vielleicht kann sie wenigstens ein bisschen träumen?
Von den nächsten Ferien zum Beispiel. Oder von Phillip.
Conni lächelt. Ja, das ist eine Spitzenidee!
Sie kuschelt sich tiefer in ihr Kissen. Mau springt von der Fensterbank und hüpft mit einem eleganten Satz zu ihr auf das Bett, wo er sich in ihre Armbeuge schmiegt und sofort anfängt zu schnurren. Seine Augen verengt er zu schmalen Schlitzen. Die langen Barthaare zittern vor Wohlbehagen. Conni fängt fast selbst an zu schnurren, als sie es sieht. Sie streichelt das weiche Katzenfell und gähnt noch einmal.
»Heute wird ein toller Tag«, sagt sie voller Überzeugung.
Mau hebt den Kopf und schaut sie fragend an. Conni gibt ihm einen Stups. »Wie ich darauf komme? Ich weiß es einfach!«
Sie schnappt sich ihr Handy und scrollt durch das Menü. Sie überfliegt ein paar alte SMS von Phillip und kann sich nicht entschließen, sie zu löschen. Dabei ist ihr Speicher randvoll. Auch von den Fotos mag sie sich nicht trennen. Schließlich ist jedes einzelne mit Erinnerungen verbunden. Niemals könnte sie die in irgendeinen Papierkorb oder ins Nirgendwo verschieben.
»Ich glaub, ich brauch ein neues Handy«, brummt sie.

Sie betrachtet das zerschrammte Telefon. Bevor sie es bekommen hat, hat es Mama gehört. Es stammt also sozusagen noch aus der Steinzeit. Aber bei dem Thema Handykauf sind ihre Eltern echt stur. »Solange das alte noch funktioniert, brauchst du kein neues«, hat Papa neulich erst gesagt. »Mein Handy ist auch schon über zehn Jahre alt und ich kann immer noch prima damit telefonieren.«

»Oh Mann«, grummelt Conni. »Als ob es dabei nur ums Telefonieren geht!«

Sie denkt an Videos, Chats, das Internet ... Mit ihrem ollen Klapperkasten kann sie schon froh sein, wenn die SMS, die sie hin und wieder verschickt, tatsächlich da ankommen, wo sie hinsollen.

»Anna hat's gut«, sagt Conni zu Mau. »Die bekommt fast jedes Jahr zum Geburtstag ein neues Modell. Nur weil ihre Mutter irgendein Abo mit einem Mobilfunkunternehmen abgeschlossen hat. Aber dagegen hat Papa natürlich auch was einzuwenden. Er behauptet, dass den Leuten auf diese Weise nur das Geld aus der Tasche gezogen werden soll und dass die alten Geräte außerdem Sondermüll sind und die Umwelt vergiften. Wahrscheinlich hat er damit sogar Recht.«

Sie unterdrückt einen weiteren Seufzer. Schließlich ist heute ein wunderschöner Tag. Den sollte man nicht seufzend beginnen, sondern gut gelaunt und positiv. Um die Handyfrage kann sie sich immer noch kümmern, wenn ihre Eltern in der Beziehung vielleicht mal ein bisschen lockerer drauf sind.

Sie wirft das Handy auf die Bettdecke, als es plötzlich schnarrt und sich wie von Geisterhand bewegt. Mau bekommt einen Riesenschreck und springt auf. Sein Nackenfell ist gesträubt,

der Schwanz buschig wie eine Bürste. Conni lacht über sein entsetztes Gesicht.
»Das ist doch nur der Vibrationsalarm, du Dummkater! Jemand hat mir eine Nachricht geschickt. Bestimmt Anna, Dina oder Billi. Oder Phillip vielleicht. Ach nee, der schläft um diese Zeit garantiert noch.«
Mau starrt das merkwürdige Ding auf der Bettdecke an. Ganz vorsichtig streckt er eine Vorderpfote aus, als wolle er es berühren, doch dann traut er sich doch nicht und zieht die Pfote wieder zurück.
Conni nimmt das Handy und hält es ihm unter die Nase. »Es ist ganz harmlos, siehst du? Das Brummen hat schon wieder aufgehört.«
Mau sieht nicht sehr überzeugt aus. Vorsichtig legt er sich wieder hin. Conni streichelt ihn, bevor sie die Kurznachricht liest. Sie ist nicht von Anna oder Billi. Auch nicht von Dina oder Phillip. Sie ist von –
»Mandy! Das ist ja cool!« Conni setzt sich kerzengerade hin. Sie hat schon ewig nichts mehr von ihrer englischen Austauschschülerin gehört.
Okay, das beruht auf Gegenseitigkeit, fällt ihr mit einem Anflug von schlechtem Gewissen ein. Sie selbst hat sich auch schon lange nicht mehr bei Mandy gemeldet. Wie denn auch, wenn die Schule und die Hausaufgaben einen fast rund um die Uhr auf Trab halten. Umso besser, dass Mandy sich jetzt einen Ruck gegeben hat. Was sie wohl will? Conni ist sehr gespannt.

Hi, you!
Hope es geht dir gut?

Hier ist alles alright.
Es gibt eine big surprise fuer dich! ☺
Koennen wir chatten heute oder morgen?
XOXO,
Mandy L.

Conni lässt das Handy sinken und grinst. Mandy scheint ihre Deutschkenntnisse in letzter Zeit nicht besonders vertieft zu haben. Ihr lustiger Sprachen-Mischmasch ist mal wieder echt zum Piepen. Was meint sie wohl mit *›eine big surprise‹*?

»Eine große Überraschung«, wiederholt Conni auf Deutsch. Am liebsten würde sie Mandy sofort anrufen und fragen, aber das wäre viel zu teuer. Mailen oder chatten ist eindeutig günstiger. Nur dumm, dass sie noch keinen eigenen Computer hat. Sie muss abwarten, bis Mama wach ist.

Schnell tippt sie eine Antwort ein.

Hi Mandy,
I love surprises!! The bigger the better. ☺
Lass uns später chatten.
Ich bin gegen 11:00 Uhr on.
Bis dann!
C.

Conni & Co Band 13 erscheint im Sommer 2017

Carlotta startet durch!

Dagmar Hoßfeld
Carlotta – Internat auf Probe
224 Seiten
Gebunden
ISBN
978-3-551-65091-7

Dagmar Hoßfeld
Carlotta – Internat und plötzlich Freundinnen
224 Seiten
Gebunden
ISBN
978-3-551-65092-4

Dagmar Hoßfeld
Carlotta – Film ab im Internat!
240 Seiten
Gebunden
ISBN
978-3-551-65093-1

Dagmar Hoßfeld
Carlotta – Internat und Prinzenball
256 Seiten
Gebunden
ISBN
978-3-551-65094-8

Dagmar Hoßfeld
Carlotta – Internat und tausend Baustellen
240 Seiten
Gebunden
ISBN
978-3-551-65095-5

Dagmar Hoßfeld
Carlotta - Herzklopfen im Internat
240 Seiten
Gebunden
ISBN
978-3-551-65096-2

Carlotta ist gar kein Prinzessinnen-Typ. Wie soll sie es da nur im Internat auf Schloss Prinzensee aushalten? »Nur auf Probe! Und höchstens für ein Jahr!«, sagt Carlotta sich. Aber bis es so weit ist, wird ihr Leben erst einmal ordentlich auf den Kopf gestellt. Und schließlich erkennt Carlotta, dass sie genau hier ihren Platz gefunden hat: Sie hat jetzt zwei Zuhause.

CARLSEN

www.carlsen.de

Carlsen-Bücher gibt es überall im Buchhandel und auf carlsen.de

Umschlag- und Innenillustrationen: Dorothea Tust
Lettering: Dorothea Tust
Lektorat: Susanne Schürmann
Lithografie: ReproTechnik Ronald Fromme, Hamburg
Satz: pagina GmbH, Tübingen
ISBN 978-3-551-55712-4

Mehr über Conni findest du unter: www.conni.de

Frau Hein – megagemein! SCHRECK-SCHRAUBE
Was sollen wir bloß mit der anfangen? GLÜCKLICHERWEISE gibt es ja liebe Menschen

So ein MIST

Wir sind zu JUNG! → Mensch Paul, du bist die Überraschung in Tüten!

Rezept: GUTE-LAUNE-TEE
Nimm mal:
1x süßen Lehrer
10x Sonnenschein
1x Kleeblatt
1x Po (darf mehr sein)

Noch eine Baby-Überraschung!

Der Wochenende-Übungs-Kurs (DANKE Mama)